I maffians spår

KJELL SÖDERBERG

I maffians spår

Sättning och omslagsutformning: BoD – Books on Demand
Omslagsbild: Martin Hydén
Förlag: BoD – Books on Demand, Stockholm, Sverige
Tryck: BoD – Books on Demand, Norderstedt, Tyskland
ISBN: 978-91-7785-134-9

Förord

Efter att ha avslutat min polisutbildning i Stockholm började jag som polis i Uppsala år 1970. Där var jag verksam på kriminalavdelningen i 30 år, och då bland annat som chef för Spaningsroteln och Kriminalunderrättelsetjänsten.

Min första bok »Stölden av Silverbibeln« bygger på fakta. Den här boken är en kriminalroman med påhittade händelser och fiktiva personer, men det faktum att jag i nästan 40 år har arbetet som polis påverkar naturligtvis bokens innehåll. Jag tror att många romaner har en verklighetsbakgrund som en kuliss. Bakgrunden till den här boken är i början på 2000-talet när Uppsala börjar växa på alla områden så att det knakar.

Varför har jag då skrivit boken? Jag är road av mitt skrivande samtidigt som jag vill peka på en del saker i samhället som man måste vara uppmärksam på.

Tack, till alla vänner som har hjälpt mig och haft synpunkter på min bok och främst kanske till min vän universitetsadjunkten i juridik Håkan Westin. Håkan har varit min mentor och »bollplank« igenom hela min bok.

Kjell Söderberg

Maria Sund stiger ut ur sitt stora vackra hus som ligger i Uppsalas mest exklusiva område, Kåbo. Hon har precis skickat iväg sina två barn till skolan, Mats 7 år och Jenny 9 år, tillsammans med deras barnflicka Ewa, som är en flicka i 20-årsåldern och kommer från Polen. Hon är mycket plikttrogen och ambitiös och brukar oftast följa med och hämta barnen vid deras skola. Enda problemet är att hon fortfarande inte kan prata svenska, men hennes engelska är utmärkt och barnen tycker mycket om Ewa. Familjen fick kontakt med Ewa via en förmedling för sådana tjänster. Förmedlingen har funnits länge och är erkänd för sin noggrannhet vid urval av flickor till dessa uppdrag.

Maria tar fram en av familjens bilar ur garaget, en Volvo av senaste modell, för färd till sitt kontor. Hon är till yrket översättare och arbetar ofta hemma i bostaden, men har också en arbetslokal i ett industriområde alldeles nära stadskärnan. Maria har en egen firma med en anställd sekreterare, som nästan alltid befinner sig vid kontoret.

Maria åker varje måndagsförmiddag in till sitt kontor. När hon stiger ut ur huset och går mot garaget kan hon känna hur den sköna försommarvärmen slår emot henne. Hon ser sig omkring i den stora uppvuxna trädgården och ser att en del tidiga blommor redan börjat slå ut. Hon känner också deras underbara dofter och hon hör det fågelkvitter som alltid hör till den svenska försommaren. Hon urskiljer koltrastens underbara sång och får till och med syn på den lilla vackra svarta fågeln som sitter i den stora björken, som nyss har slagit ut sina vackra gröna blad som små musöron.

Maria åker alltid samma väg till sitt kontor. Hon åker ut på Norbyvägen och kör den korta sträckan fram till Dag Hammarskjölds väg. Det är alltid problem att komma upp på Dag Hammarskjölds väg i den täta morgontrafiken. Efter någon minuts färd är hon framme vid Slottsbacken och har då Carolina Rediviva till vänster och slottet till höger. Hon vet att därinne på Carolina Rediviva förvaras Uppsalas främsta »skatt«, den världsberömda och mytomspunna Silverbibeln. En bit framåt ligger universitetshuset och den vackra Domkyrkan.

Maria tycker alltid att just den här platsen är fantastisk med så många vackra och intressanta byggnader. Hon är glad över att bo i Uppsala, ja över hela sin nuvarande livssituation. Många tankar kan snurra igenom hennes huvud under morgonens bilfärd till arbetet. Hon tycker att hon har en underbar familj med två underbara barn och en make som älskar henne.

Ibland tänker hon tillbaka i tiden på hur hon och Per träffades på en nationsdans vid Stockholms nation. Per kom från en fin familj medan Maria var uppväxt i ett arbetarhem. Men hon hade bra läshuvud och fortsatte därför sina studier vid universitetet. Det blev kärlek nästan vid första ögonkastet den där magiska kvällen på Stockholms nation och kärleken har bara blivit starkare genom åren.

Hon trivs som översättare eftersom hon alltid har varit intresserad av språk. Hon vet samtidigt att hon egentligen inte skulle behöva arbeta eftersom hennes make är, minst sagt, högavlönad. Hon vill ändå arbeta för att behålla sin egen identitet och utvecklas som människa.

Hon är en parant kvinna med kortklippt ljust hår, mörkbruna ögon och en vältränad kropp. Hennes klädintresse är stort och hon köper det mesta av sina kläder i London, Paris eller Stockholm. Hon och Per brukar koppla av med gemensamma fritidsintressen, som golf och segling, när vardagen någon gång känns tung. Minst två gånger om året åker de också till sitt hus i Spanien.

Maria är van bilförare och tar sig snabbt genom staden fram mot det lilla kontoret. Nu kommer hon strax in på Kyrkogårdsgatan och kör igenom Luthagen, en stadsdel som också tillhör Uppsalas så kallade exklusiva områden, och är snart framme vid Seminariegatan där kontoret ligger längst ner på gatan, i ett litet industriområde, bara någon kilometer från stadskärnan.

Området är ganska ostört, eftersom det mest är människor från små firmor i området som vistas här. Just när hon skall parkera bilen utanför kontoret blir hon påkörd bakifrån. Hon vänder sig om och kan då se att hon blivit påkörd av en grå mindre personbil. När hon öppnar bildörren för att prata med den andra bilföraren ser hon en man med skägg och solglasögon.

Hon frågar:
– Vad var det som hände?

Mannen svarar:
– Glöm inte det här!

Samtidigt ger han henne ett kraftigt knytnävslag rakt i ansiktet. Maria ramlar rakt bakåt in i bilen. Hon känner smärta

8

och märker hur blod rinner från näsa och munnen samtidigt som hon ser att mannen sätter sig i den grå bilen och åker iväg. Nummerskyltarna är så nedsmutsade att hon inte kan se registreringsnumret. Hon känner sig chockad och det gör ont där det hårda slaget träffade.

Vad var det här för någonting?

Maria förstår först ingenting och har ont i huvudet. Hon tar sig försiktigt ut ur bilen, går in i huset och öppnar dörren till sitt kontor. Pia, hennes 25-åriga sekreterare, blir alldeles skräckslagen när hon ser Marias nerblodade ansikte.

– Vad har hänt? ropar Pia.

– Jag har blivit överfallen, svarar Maria.

Hon berättar sedan ganska osammanhängande om händelsen för Pia.

– Vi måste genast ringa efter polisen, säger Pia.

– Nej, vi ringer först efter Per, svarar Maria.

Maria tar sin mobiltelefon och slår numret till den telefon som hon alltid kan komma i kontakt med Per på.

– Hej, det är Maria. Jag har blivit överfallen och misshandlad, lyckas hon få fram.

– Hur! Vad har hänt? Var är du? Är du skadad? Vem? utbrister Per.

9

Hon berättar hela händelsen för en chockad make.

– Gör ingenting förrän jag har kommit ner till dig på kontoret, uppmanar han.

– Skall jag inte ringa efter polisen?

– Nej, vänta med det tills jag har kommit till kontoret. Behöver du åka till sjukhus?

– Nej, jag tror inte det, lugnar Maria honom.

Per tar en av företagets bilar och åker mot Marias kontor i hög fart. »Vilken tur att jag var hemma i Uppsala«, tänker Per. Han, som är chef för Uppsalas största företag, Medical Future, är ofta på tjänsteresor utomlands. Medical Future har flera tusen anställda i Uppsala och många anställda över i stort sett hela världen. Per har gjort en rekordsnabb karriär inom företaget och har nått dess topp drygt 40 år gammal. Just nu går allting som på räls, framför allt sedan deras nya läkemedel Bromssyn har blivit en sådan världssuccé.

När Per kommer fram till kontoret ser han bestört att Maria är ordentligt skadad och förmodligen behöver läkarvård. Han inser genast att han också måste kontakta polisen. Det blir till länspolismästaren Linda Rosmyr, som han ringer för henne känner han ganska bra, eftersom båda är medlemmar i samma Rotaryklubb i Uppsala.

Per berättar för länspolismästaren vad som har hänt.

– Jag skall genast se till att kvalificerade kriminalpoliser kommer till platsen, lovar Rosmyr.

Hon tar telefonen och ringer till spaningsrotelns chef, Gustaf Aspner.

– Hej Gustaf, nu har vi fått ett ärende med högsta prioritet.

– Vad kan det vara eftersom jag tycker att vi bara har sådana ärenden, svarar Gustaf.

Länspolismästaren återger sedan vad Per Sund har berättat för henne. Gustaf blir lite konfunderad när han får höra hela historien och inser att han måste åka till platsen för att få en bild av händelsen. Gustaf tar med sig sin unga nya medarbetare Catrin. Hon är ganska ny på kriminalavdelningen, men verkar ambitiös och duktig. Det enda Gustaf inte riktigt förstår med Catrin är att hon är piercad. Hon har en liten pärla som sitter på hakan. Vid något tillfälle skall han fråga henne vad det där skall vara bra för.

Under bilfärden till Seminariegatan sitter Gustaf mest tyst medan Catrin kör bilen snabbt, men säkert, genom staden. Det är ändå en del som Gustaf funderar över under bilfärden och han nyper sig i näsan, som han brukar göra när han »tänker«. Han hoppas på att det här är något enkelt så att det kan klaras upp ganska snabbt. Anledningarna är flera, bland annat att man har en sådan fruktansvärd belastning på kriminalavdelningen just nu. Han tänker på det så kallade gängkriget mellan två olika grupperingar, som består både av svenskar och av personer med invandrarbakgrund i båda gängen. För tillfället är det skjutningar nästan varje natt. Gustaf vet att det här med gängen är en komplicerad problematik och det kan inte polisen lösa själva. Det finns många sociala faktorer med i bilden som utanförskap med mera. Gustaf tror att det är viktigt att man kan fånga upp medlemmarna tidigt på olika sätt. Han tror då mycket på idrottsrörelsen, främst kanske bollsporter och olika kampsporter. Det behövs satsas mer på sådan verksamhet. Men det Gustaf fruktar allra mest är att den beryktade Krogligan håller på att få allt större makt över Uppsala. Sedan har man också mc-gängen som man inte vet riktigt vad de står för. Han vaknar upp ur sina tankar när Catrin bromsar in framför Marias kontor på Seminariegatan.

Gustaf och Catrin kliver in på kontoret och hälsar på Per och Maria Sund. Maria har nu torkat bort blodet från ansiktet som ändå ser ganska svullet ut. Hon känner sig fortfarande något vimmelkantig. Hon berättar sedan vad som har hänt och Gustaf antecknar. Hon uppger för Gustaf att hon inte märkt någonting tidigare under färden till kontoret utan det var först när hon blev påkörd som allt började. Mannen som slog henne i ansiktet beskriver hon vara cirka 30 år, 185 cm lång, ganska kraftig med halvlångt svart krulligt hår (kan ha varit peruk), mörkt skägg och mörka glasögon. Mannen var iklädd en mörk manchesterkostym. Bilen uppfattade hon som en grå, mindre personbil av en ganska vanlig modell. Hon såg också att den främre registreringsskylten var nedsmutsad. Hon är säker på att hon aldrig har sett den här mannen förut. Hon talade naturligtvis om vad mannen hade sagt med en hård röst, »glöm inte det här«, samtidigt som han slagit henne hårt i ansiktet. Just det uttrycket tyckte inte Gustaf om att höra.

Catrin pratar samtidigt med Marias sekreterare Pia, men hon har inte gjort några iakttagelser vare sig nu eller tidigare.

Catrin går därför över och pratar med Per Sund. Hon frågar honom om han har märkt att någon skulle vara intresserad av hans familj på det här sättet. Per Sund säger att de inte har några ovänner och han är helt oförstående till vad som har hänt. Men just nu känner han sig ganska orolig över händelsen.

Han har inte gjort några iakttagelser kring deras bostad och har inte heller märkt någonting när han har kört bil som kunde tyda på att han skulle vara iakttagen.

– Jag är naturligtvis uppmärksam när jag är ute, med tanke på min position, poängterar Per.

– Det är ingenting i ditt arbete som skulle kunna ha med det här att göra? frågar Catrin.

– Absolut inte, svarar Per.

– Har du några intressen på fritiden som skulle kunna vara en förklaring till den här händelsen?

– Nej, mina stora fritidsintressen är golf, segling och flugfiske. Det som jag tycker mest om är flugfisket, eftersom det ger mig en sådan avkoppling ifrån mitt ibland stressiga arbete. Jag fiskar så mycket jag hinner vid Dalälven i närheten av Älvkarleby. Men det jag uppskattar allra mest är när jag och några goda vänner flyger med helikopter långt upp i den svenska fjällvärlden och fiskar med fluga. I källaren till vårt hus har jag ett särskilt rum inrett för mitt flugfiskeintresse, där jag bland annat brukar knyta mina egna flugor.

Catrin tycker att det sista lät intressant, men det har nog ingenting med den här utredningen att göra och med det så avslutar Catrin utfrågningen av Per Sund. Catrin fick dock en känsla av att Per Sund inte hade berättat allt.

Per Sund samtalar sedan med Gustaf och de kommer överens om att Per ska skjutsa Maria till ett sjukhus för säkerhets skull. De bestämmer också att Gustaf och Per skall fortsätta att ha kontakt angående den här händelsen, som kommer att hamna

13

på Gustafs rotel. Gustaf frågar också om Per vill ha kontakt med brottsofferjouren eller om familjen behöver något akut skydd. Per tycker inte det behövs i nuläget och han har ju också hembiträdet Ewa som kan hjälpa till.

Innan Catrin och Gustaf tänker lämna adressen, bestämmer de sig för att fråga runt bland de andra kontoren som ligger intill Marias, ifall där finns någon som har gjort några iakttagelser.

De träffar då på ett vittne som säger att hon förra måndagen hade sett en liten grå bil som sakta hade åkt förbi Marias kontor. Vittnet Lisa, som arbetar på en liten firma alldeles intill Marias kontor, lovar att återkomma om hon skulle komma på något mera. Gustaf tittar också på Marias bil som är en helt ny Volvo och han upptäcker en liten skada på spoilern längst ner i bakre delen av bakvagnen. Gustaf tar därför telefonen och ringer till chefen för tekniska roteln, som han har ett mycket stort förtroende för.

– Hej Kurre, har du mycket? frågar Gustaf sin kollega.

– Ja, det är som vanligt alldeles för mycket, svarar Kurre Skott.

– Jag har varit på en misshandel och det är lite speciellt så jag skulle behöva din hjälp.

– Det är klart att du får och jag kommer själv.

Han vet att när Gustaf ringer och ber om hjälp på det här viset, då är det bara att ställa upp.

Gustaf redogör sedan för Kurre Skott om det som har inträffat och säger att han är intresserad av skadan på Marias bil och om det kan finnas andra spår, som till exempel skoavtryck där gärningsmannen har gått.

Catrin och Gustaf spånar fritt i bilen medan de åker in till polishuset. Gustaf nyper sig i näsan och funderar över det verkliga motivet till händelsen.

– Tänk på att Per Sund är en av Uppsalas mäktigaste män och har en årsinkomst på säkert mer än fem miljoner kronor, säger Catrin.

– Ja, det är det som gör saken mer komplicerad och allvarlig, svarar Gustaf.

Han tänker då på alla kriminella personer och grupper som kan vara intresserade av Pers pengar, och nämner det för Catrin.

– Men vi får inte glömma att det kanske kan vara något i familjen också, säger Catrin.

Gustaf förstår inte riktigt vad hon menar, men tycker att de just nu inte har någon riktig förklaring till det som har hänt. Det är det sista han hinner tänka innan man parkerar bilen i polishuset.

Gustaf Aspner har haft en orolig nattsömn och han känner sig trött när väckarklockan ringer klockan sex som vanligt. Gustaf lägger märke till att hans fru Mia ser lika trött ut där hon ligger bredvid honom.

– Har du något särskilt idag? undrar Mia.

– Ja, vi fick in ett nytt fall igår som jag måste ta tag i, svarar Gustaf

– Vad handlar det om för något?

– Jag vet inte riktigt än, men Rosmyr ligger på i det ärendet.

– Okej, då förstår jag att du är lite stressad, svarar Mia, som hade märkt att Gustaf hade haft en orolig nattsömn.

– Själv skall jag operera hela dagen, säger Mia, som är kirurg vid Akademiska sjukhuset.

Gustaf vet att Mia har ett kvalificerat arbete och han är egentligen stolt över henne. De har en del gemensamma intressen, som intresset för naturliv och musik, men Mia har också sina egna intressen som konst och hantverk. Mia är väldigt duktig på att väva vackra saker, men kanske ännu duktigare på att virka. Gustaf är mycket glad över det vackra överkastet som Mia har virkat till deras sängar i sovrummet.

Familjelivet tuffar väl på ganska bra, även om de är lite oroade över deras son, Kalle, som mest är intresserad av musik och inte så intresserad av någon annan yrkesbana. Mia brukar tjata på Gustaf om hans spelande och delvis har hon väl rätt. Mia har också en förmåga att framför allt rädda Gustaf ur hans tungsinthet, som annars skulle beröva honom en del av hans utrednings- och spaningsskicklighet. Mia är egentligen en gladare och lättsammare människa än Gustaf. Hon har också större social kompetens än Gustaf.

När Gustaf kommer ner till sitt kontor i polishuset, så får han genast ny information om Krogligan och det verkar som det är något på gång. Spaningsroteln har sedan en tid tillbaka telefonavlyssning på ledarna i ligan och det kommer hela tiden in ny information. Telefonavlyssningen har godkänts av tingsrätten och misstankarna gäller grovt narkotikabrott. Krogligan fick sitt namn efter att de på olika sätt försökte skaffa sig inflytande över krogverksamheten i Uppsala. Det började ofta med att de tog över garderobsverksamheten på krogen och sedan på olika sätt fick ökat inflytande över hela krogens verksamhet. Numera har ligan skaffat sig inflytande över krogar i Stockholm och andra städer i Mälardalen. Men Krogligan har inte nöjt sig med enbart intressen i olika krogar, utan har hela tiden vidgat sin verksamhet till andra kriminella marknader som genererar mycket pengar.

Gustaf inser att han måste prata med sin närmaste chef, kriminalkommissarie Harry Enbacke, som är chef för hela kriminalavdelningen, om den pressade situationen.

– Hej Gustaf, du ser lite stressad ut, säger Harry när Gustaf kliver in på hans kontor.

– Ja, det är lite mycket just nu, svarar Gustaf och slår sig ner mittemot Harry.

Gustaf berättar sedan om ärendet Maria Sund. Enbacke förstår genast allvaret i ärendet och han lägger fram sina synpunkter. Gustaf lyssnar gärna på Harry Enbacke, även om han kan vara lite för formell ibland, men samtidigt vet Gustaf att Enbacke är en ovanligt kunnig och påläst kriminalkommissarie. Harry Enbacke tillhör den »gamla« sortens poliser, lång och kraftig med en rejäl portion naturlig pondus. Han är alltid propert klädd med kavaj, skjorta och slips, vilket inte är så vanligt bland dagens unga kriminalpoliser. Men Gustaf vet att Harry Enbacke kan allt som står i lagboken och han kan verkligen tolka det och han är mycket nöjd med att ha en sådan chef. Han tror ändå inte att han skulle kunna umgås med honom privat, eftersom han tror att de är för olika och inte har samma intressen på fritiden. Han vet att Harry Enbacke är en renlevnadsmänniska som uppskattar naturen. Harry Enbacke pratar numera ofta om sitt nya intresse för släktforskning. Han brukar ibland tala om sin släkting i rakt nedstigande led som tillhörde Dalaregementet och överlevde Karl den XII:s alla krig. Gustaf har ändå ibland undrat över vad han gör på sin fritid?

Gustaf berättar sedan om läget i krogärendet. Allmänheten och myndigheterna i Uppsala börjar reagera på deras framfart. De köper nya, dyra lägenheter mitt i centrala Uppsala och åker omkring i stora nya BMW. Samtidigt går det rykten om att de håller på att bygga en stor lyxvilla i närheten av båthamnen vid Skarholmen.

– Var får de alla sina pengar ifrån då? frågar Harry Enbacke.

– Jag tror de håller på med all sorts brottslighet som genererar pengar.

– Som vad? frågar Harry Enbacke.

– Det är droger, vapen, indrivning, falska sedlar, maskiner, byggbranschen med mera, svarar Gustaf.

– Det där låter inte bra, säger Harry Enbacke, men har vi något på gång?

– Ja, det har vi.

Sedan berättar han att ligan har något stort på gång just nu, men man vet inte riktigt säkert vad det kan vara. Det är svårt att tolka de olika telefonsamtalen, eftersom de är korta och kryptiska. Ligan utgår säkert ifrån att den är avlyssnad. Men Gustaf vet också att han har duktigt folk vid telefonavlyssningen, som kan tolka och analysera det mesta. Det var just det de gjorde när de bidrog till att lösa det Stora värdetransportrånet.

Gustaf stämmer sedan av något om mc-problematiken och gängkriget för Harry Enbacke. Det kommer hela tiden in tips om pågående brottslighet som gängen är inblandade i.

Efter diskussionen kommer de fram till att Gustaf skall koncentrera sig i första hand på Krogligan just nu, eftersom länspolismästaren Rosmyr har lovat att prioritera ligan. Rosmyr har säkert fått påtryckningar ifrån landshövdingen och kommunens politiker, att det är polisen, som skall ha kontroll på den undre världen i Uppsala och inte Krogligan. Gustaf tycker som alltid att det är roligt med stora utmaningar som det här med Krogligan. Men samtidigt så tycker han att det är lite otäckt hur de på ett annorlunda sätt äter sig in i samhällskroppen.

Sundärendet kommer man överens om att Catrin skall få ta ansvaret över till en början. Enbacke är lite skeptisk först när Gustaf föreslår detta. Men Gustaf säger att han tror på Catrin. Hon verkar duktig, men ibland kanske hon vill lite för mycket. Gustaf lovar att han skall hålla ett öga på Catrin och stötta henne om det skulle behövas.

Gustaf knackar på dörren hos Catrin.

– Hej Gustaf, säger Catrin när Gustaf dyker upp i dörrhålet.

– Får jag komma in? frågar Gustaf samtidigt som han slår sig ner mittemot Catrin.

– Jag tänkte fråga dig om du känner dig mogen att ta hand om Sundärendet? frågar Gustaf.

– Ja, gärna, svarar Catrin utan att blinka.

Gustaf berättar sedan om sin diskussion med Harry Enbacke och att hon har stöd hela vägen ända upp till länspolismästaren i ärendet. Gustaf går sedan igenom vad som är känt i ärendet och de kommer överens om att Catrin skall få den äldre spanaren Gunnar till sin hjälp.

Egentligen är det som hänt hittills ett mysterium – ett överfall utan någon förklaring – men det är ändå hustrun till en av Uppsalas mäktigaste män som har blivit överfallen.

Det som man har konkret är en grå mindre bil och ett vagt signalement på gärningsmannen. Gustaf föreslår att Catrin skall höra om alla personer som ingår i ärendet samt knacka lite mer dörr vid brottsplatsen på Seminariegatan. Han poängterar att det är viktigt att höra om Per Sund. Han tänker då främst på hans företag Medical Future.

Samtalet avslutas och Gustaf ser hur Catrin är fylld av arbetsiver och hon skyndar sig iväg för att prata med Gunnar. Gustaf har väldigt fort fått ett stort förtroende för den nya unga polisen Catrin. Han ser kanske i henne en spegelbild av sig själv som ung polis.

Gustaf själv går tillbaka till sitt rum och får då ny information om Krogligan. Stina från telefonavlyssningen kommer in genom dörren med andan i halsen.

– Nu är de på väg ifrån Italien och de skall mötas i Stockholm.

– Vet ni vad det gäller exakt? frågar Gustaf.

– Nej, vi är osäkra på om det är kokain eller något annat. Men det konstiga är att det verkar som att det är italienarna som skall hämta någonting.

– Ni måste nu följa ärendet noga och säga till om ni behöver hjälp.

Gustaf vet att Krogligan är extremt försiktig och inte tar några onödiga risker.

Gustaf funderar över den utpekade ledaren av Krogligan – Per Johansson – som går under öknamnet »Chefen«. Han föddes i Stockholm och bodde i en trivsam förort tillsammans med sin familj, som var en vanlig arbetarfamilj. Han blev tidigt intresserad av fotboll, som då var hans stora intresse och som han också var mycket duktig i som ung grabb. När »Chefen«

22

var i 10–års-åldern så flyttade familjen till ett villaområde i Uppsala.

Han gick där en utbildning till elektriker som han avslutade, men sedan måste något ha gått snett. »Chefen« började redan tidigt med sin kriminalitet och det dröjde inte så länge förrän han fick polisens blickar på sig. Han bor nu tillsammans med sin familj i en stor våning i centrala Uppsala. Han är gift med en ungdomskärlek och de har tre minderåriga barn tillsammans. Utåt sett ser det ut som vilken vanlig familj som helst. »Chefen« är familjekär och han värnar om sin familj. Både frun och deras barn betyder mycket för honom. Han är känd för att nästan alltid gå iklädd mörka skräddarsydda kostymer, för att ge respekt hos affärsbekanta och i den kriminella världen. När han är tillsammans med sin familj brukar han ha någon form av träningskläder av bästa märke.

Gustafs uppfattning om »Chefen« är att han har extrema ledaregenskaper och stor pondus. Han har efter hand blivit stark och fruktad i den undre världen. Gustaf kan ibland tycka att det är synd att »Chefen« har tagit den kriminella banan, för han tror att med sina ledaregenskaper skulle han ha klarat sig bra på den smala vägen. »Chefen« håller på att bygga upp ett stort nätverk av kontakter inte bara i Sverige utan i hela Europa. Hans nätverk innefattar olika kontakter, inte bara bland kriminella, utan även i övriga samhället, och det håller på att bli så stort att en del börjar prata om maffiaverksamhet. Det är väl känt att han sedan unga år alltid har varit idrottsintresserad och efter att först ha sparkat fotboll så har han blivit en erkänt duktig golfspelare och har ett imponerande lågt handikapp. Han är som många andra ett stort »fan« av fotbollslaget Barcelona.

»Chefen« spelar fortfarande golf regelbundet. Gustaf har funderat ibland över vilka kontakter han kan knyta på golfbanan. Han är rädd för att »Chefen« där skall skaffa sig kontakter så att han kan »tvätta« sina brottspengar vita. En annan egenskap, eller olat, som »Chefen« har är att han vid samtal ofta tar fram tre stresskulor av stål och leker med. Det händer ofta och nästan alltid när han är pressad.

I »Chefens« kriminella imperium är hans närmaste män Erik Svensk och John »Rambo« Risk.

Gustaf sitter på tionde våningen i det nya polishuset och har en fantastisk utsikt över Uppsala. Han har som norrlänning börjat tycka alltmer om Uppsala som stad, trots att han oftast har sett dess baksidor. Det har uppstått någon slags hatkärlek till staden samtidigt som längtan till Norrland och vildmarkslivet hela tiden lever kvar. Det är främst till hemstaden Härnösand som tankarna går. Det var nu många år sedan han lämnade den. Det sista han gjorde där var värnplikten på KA 5, som numera är nedlagt sedan länge. Det var en hård men nyttig utbildning han fick där som röjdykare. Brottningen på Brännaborg och fotboll med IF Älgarna är också saker som väcker nostalgi, men roligast var nog lördagsdansen på Brännaborg. På den tiden fanns det inga mörka moln på himlen utan endast en ljus framtidstro. En annan sak som Gustaf saknar är närheten till havet och Höga kusten.

– Men nu är det en annan tid och en annan stad, tänker Gustaf medan han ser den magnifika utsikten över staden från sitt tjänsterum.

Han ser slottet, Linnéträdgården, Carolina Rediviva, Universitetet, Gustavianum, Pelle Svanslösstråket och vrider han lite på huvudet ser han Uppsalas nya stolthet, det vill säga konserthuset. Det råder olika uppfattningar om byggnaden, en del, liksom Gustaf, tycker att det är ett lyft för staden, medan andra tycker att det mest påminner om ett kärnkraftverk i Forsmark. Alla måste ändå vara överens om att det är en fantastisk utsikt om man tar rulltrappan upp till högsta våningen. Det är synd att rulltrapporna skall vara så långa, branta och nästan avskräckande för personer med »lite« höjdskräck. Man kan där gå runt hela byggnaden och ha utsikt över Uppsala flera mil bort åt alla håll.

Strax nedanför polishuset rinner Fyrisån med det nya årummet som kanske har blivit stadens riktiga pärla. Och det är inte helt fel att en sådan där riktigt varm sommardag gå in i Linnéträdgården i skuggan av de stora träden och ta en fika med glass. Man sitter då mitt i staden i denna fantastiska trädgård och bara njuter. Under sommaren så har man även föreläsningar av kända författare och en del konserter i orangeriet, som är en vacker byggnad inne i trädgården och som tidigare har varit ett växthus.

Ibland brukar Gustaf gå rakt över korridoren och kika åt andra hållet, då ser han ända bort till Gamla Uppsala med den gamla stenkyrkan, kungshögarna och det nya museet.

När Gustaf sitter så här och filosoferar, brukar han också tänka på den atmosfär, som präglar Uppsala. Det är en speciell sorts atmosfär, som det kanske är i alla städer med universitet som präglar staden. Man kan tycka att det är en liten akademisk ton i det mesta. Men Uppsala har blivit alltmer internationell i sin framtoning. Det är främst genom den stora inflyttningen till staden. Det vistas människor från jordens alla hörn här. Det märks bland studenter, men även i butiker, restauranger och gatuliv. Det är alltså en stor blandning av olika människor och kulturer i Uppsala, vilket gör att staden har en stor potential att utvecklas. Det negativa är att det i vissa bostadsområden har samlats många personer med låg status och arbetslöshet, vilket kan bli en grogrund för kriminalitet.

I dag kan man tydligt märka att befolkningen i staden är uppdelad i två läger. Den ena sidan vill försöka bevara så mycket som möjligt av Uppsalas genuina tillgångar, det vill säga den gamla miljön med parker och gamla byggnader. Men trots detta skall man bygga och förnya i varsam takt, men man tycker att det byggs för mycket ibland utan att tänka på de gröna oaserna i stan.

Den andra sidan vill att staden skall expandera åt alla håll. Man vill att Uppsala ska skapa sin egen identitet som en storstad och inte sammankopplas som en förort till Stockholm. Dessa människor vill ha en ny stor flygplats i Uppsala. De önskar sig flera nya stora affärscentrum och nya stora idrottsarenor med mera. Det kanske är en framgångsrik väg, bara man inte glömmer bort miljötänkandet. Det verkar som om Uppsala fortfarande har problem med att hitta sin egen identitet som stad.

Uppsalapolisen har alltid haft ett gott rykte ute i landet och Gustaf känner att han på alla sätt vill föra den traditionen vidare när han sitter och filosoferar så här på sitt tjänsterum.

Sedan tar han hissen ner till bottenplanet för att ta cykeln hem till radhuset och Mia. Men Gustaf har en hobby eller last, som han nästan varje dag måste ägna tid åt och så gör han även den här dagen. När han har cyklat Svartbäcksgatan söderut fram till Skolgatan i det underbara försommarvädret är han nästan halvvägs hemma i radhuset, som ligger i den »fina« stadsdelen Luthagen. Då skall han passera tobaksaffären vid Skolgatan och det kan han bara inte. Han gör som han brukar göra,

27

går in och spelar lite på fotbollsmatcher. Det är ett intresse som Gustaf har haft länge. Han är intresserad av själva spelet, men naturligtvis också av fotbollen och han är ett stort fan av Barcelona liksom »Chefen«. Han missar aldrig någon av deras matcher när de går på tv och han gillar deras sätt att spela den »lekande« fotbollen.

Det blir inga stora summor, men Gustaf vill vara med nästan varje dag. Han måste ändå erkänna för sig själv att insatsen har ökat den sista tiden. Det har nog med spänningsmomentet att göra eftersom han behöver större insatser nu för att känna den rätta spänningen. Han spelar på alla möjliga sätt som lången, oddset, bomben och matchen.

Hans hustru Mia tycker inte alls om hans svaghet för spel och hennes första fråga när han kliver in genom dörren:

– Har du varit i spelhålan nu igen?

– Ja, jag spelade bara på matchen för 200 kronor, svarar Gustaf.
– Det där tror jag inte riktigt på utan du håller väl på att spela bort hela matkassan, anklagar Mia.

Mia älskar sin Gustaf men hon tycker ibland att han har en del sidor som inte är så bra.

Gustaf tar anklagelsen med ro, för det var inte första gången han hörde den och han tycker inte den är rättvis.

– Hej Gunnar, säger Catrin när hon står på tröskeln till hans rum, dörren brukar alltid vara öppen när han inte har förhör.

Gunnar är en spanare av den gamla skolan, som fortfarande använder den lilla svarta anteckningsboken, och så gillar han inte datorer. Han är medveten om att han är en mycket duktig polis, men i övrigt så bryr han sig inte så mycket om sin egen person. Gunnar går ofta klädd i en väl använd La Costa tröja och slitna byxor. Han är ganska rund och det var nog länge sedan han besökte ett motionsspår.

Catrin vet att han har stor rutin och att han har en bright hjärna. Catrin har också hört en del andra rykten om Gunnar och det är sådana rykten som hon inte tycker om att höra. Det sägs att han är en enstöring och ibland tittar för djupt i flaskan, men hon har också hört att han är en erkänt duktig bridgespelare. Gunnar är själv medveten om att han ibland tar ett glas för mycket. Men han tycker om att ibland i sin ensamhet ta ett glas whisky och då skall det vara kanadensisk whisky, helst av märket Black Velvet. Han tycker om den mjuka smaken som den har, till skillnad mot den skotska.

– Hej, vad du verkar laddad, svarar Gunnar lugnt.

Han tycker bra om Catrin även om han förstår att hon snart

har klättrat förbi honom i karriären. Men Gunnar bryr sig inte om sådant utan han är tillfreds med den roll han har som duktig spanare vid polisen. Han vet att han har en intelligens kombinerad med fantasi och empati, som gör honom till en mycket kompetent polis, men samtidigt så vet han att hans drickande ibland kan vara ett problem.

– Ja, jag är laddad, för nu skall du och jag arbeta tillsammans i ett intressant ärende.

Catrin berättar sedan om ärendet Sund för Gunnar och han lyssnar noggrant samt gör en del anteckningar. De bestämmer att de skall åka ner till Seminariegatan igen och fortsätta att försöka hitta nya vittnen. Gunnar vill också höra om Lisa igen. Hon som hade sett en liten grå bil åka förbi där en vecka tidigare än själva händelsen. De bestämmer också att Catrin skall försöka få kontakt med Per Sund.

Efter att ha knackat runt en stund utan att fått fram några nya uppgifter söker Gunnar upp Lisa.

– Hej Lisa, det är polisen, säger Gunnar när han har knackat på hos Lisa, som arbetar som kontorist i en firma bredvid Maria Sund.

– Kommer du ihåg något mera om den där gråa bilen? frågar Gunnar.

– Ja, kanske, svarar Lisa.
Hon berättar då att hon ofta tittar på olika tv-serier och hon tror att hon sett en sådan där bil i en sådan serie. Hon kan inte nu komma ihåg vilken, men lovar att återkomma ifall hon skulle komma på det.

Catrin har fått telefonkontakt med Per Sund och han vill också träffa Catrin. De bestämmer en träff i närheten av hans kontor. Catrin tycker att det var intressant att han vill träffa henne, samtidigt som inte hon riktigt förstår att hon inte fick komma till hans kontor. Det har ännu inte stått någonting i tidningarna om den här händelsen, vilket Per Sund säger att han uppskattar. Catrin hade fått en vägbeskrivning till en mindre byggnad inne på Medical Futures område.

– Hej, inga problem att hitta? hälsar Per henne välkommen.

– Nej, men det är ett stort område med många byggnader som ni har, man kan nog förirra sig.

Catrin ser nu att Per är en stilig man som ser vältränad ut. Han är iklädd, som vid förra tillfället, en välsittande blå kostym och en vit uppknäppt skjorta. Catrin förstår att den där kostymen inte är köpt på något varuhus utan i någon annan exklusiv butik.

De går sedan in i byggnaden tillsammans och hamnar i något slags bibliotek där det är framdukat kaffe med läckra skinksmörgåsar.

– Varsågod, säger Per.
– Tack, jag är jättehungrig, eftersom jag inte haft tid att äta något ännu.

Klockan var ändå två på eftermiddagen, men det var inget ovanligt i hennes fall. När hon hade intressanta ärenden brukade hon köra på utan att känna någon hunger.

– Jag har tänkt på den här händelsen och funderat över om det kan ha något med företaget att göra.

– Har du kommit fram till något? undrar Catrin.

– Ja, det är en sak som jag har funderat över, svarar Per.

Han börjar sedan berätta om ett nytt preparat som är otroligt dyrt och som man använder till människor, men även till djur, som har problem med leder. Man använder det till att fräscha upp lederna hos värdefulla travhästar. Det användes inte bara i Sverige utan även i andra stora travnationer som Frankrike och Italien. Det har varit ett hemlighetsmakeri kring denna tillverkning och den substans som användes är säkert dyrare i kilopris än den dyraste narkotikan. Han har hört att det är ett stort intresse för medlet även bland oseriösa personer, som Per uttrycker det.

Sedan vill han berätta en sak som Catrin absolut inte får föra vidare. Det har på något sätt försvunnit ett parti på över två kilo av den här varan ifrån den plats där man tillverkar det. Per var orolig över det här, men ville ändå inte göra en polisanmälan eftersom det skulle kunna ge dålig publicitet för Medical Future.

– Hur mycket kan det vara värt? frågar Catrin.

– Minst tio miljoner.

Sedan säger Per att han är mest oroad över att det måste vara någon inom företaget som är inblandad, eftersom de har otroligt rigorösa säkerhetsbestämmelser kring tillverkningen. Han anser att det är uteslutet att någon kan ha kommit utifrån och gjort det här tillgreppet.

Catrin tycker det här verkar intressant, men förstår inte riktigt vad det har med misshandeln av hans fru att göra och har Per nu berättat allting? Catrin har fått en bättre uppfattning om Per efter det här samtalet, men inser också att han är en karriärist som är tuff, stark och smart.

Catrin åker sedan raka spåret till polishuset. Det börjar bli sent och hon längtar nu hem till sin sambo Olle och deras hund Zappa. Hon träffade Olle för cirka två år sedan på en Ålandsbåt och hon tycker mycket om honom. Han arbetar som plåtslagare och det passar Catrin bra eftersom hon själv är opraktisk. De har nu köpt ett litet radhus i ett ytterområde till Uppsala, som heter Nåntuna och där trivs hon oerhört bra. Det som Catrin uppskattar mest är närheten till naturen och främst skogen i naturreservatet Norra Lunsen, som ligger strax sydost om Uppsala, inte långt ifrån Catrins bostad. Där joggar hon ofta på de fina vandringslederna under sin fritid och då nästan alltid tillsammans med sin hund. Hunden Zappa köpte de som valp för ett år sedan, en lapsk vallhund. Zappa är social och lättlärd, men kan säkert säga ifrån om det behövs. Catrin känner sig alltid trygg när hon är tillsammans med Zappa.

Zappa har blivit döpt efter en av hennes ungdomsidoler, Frank Zappa.

Stina skyndar med snabba steg från telefonavlyssningen mot Gustafs rum.

– Hej Gustaf, nu händer det saker, säger Stina, något upphetsat.

– Vad kan det vara för intressant? frågar Gustaf.

– En italienare som heter Rossi skall flyga från Rom till Arlanda i morgon och på Arlanda skall Erik Svensk möta upp.

– De pratar om kilon men de berättar inte vilken sort, fortsätter Stina, som naturligtvis tar för givet att det kan vara kokain.

– Perfekt, och då skall vi ha full spaning från Arlanda och sedan hela vägen, svarar Gustaf.

Stina berättar sedan att all konversation sker på dålig engelska, men det går ganska bra att förstå ändå. »Chefen« har haft flera telefonkontakter med en anställd på Medical Future som heter Sören. Dessa samtal är kryptiska, men det verkar som om Sören har fått eller har haft ett uppdrag. Det märkliga är att »Chefen« också har haft ett alldagligt samtal med forsknings-chefen Runar vid Medical Future. Det verkade på samtalet som om de kände varandra sedan tidigare.

När Stina lämnat rummet kontaktar Gustaf Harry Enbacke och berättar om de senaste nyheterna. De bestämmer då tillsammans att Bent får ansvara för de yttre spaningarna. Bent är en erfaren spanare och han är absolut den bästa på den här typen av operationer. Gustaf ringer därför efter Bent.

– Hej Gustaf, hur är läget? frågar Bent där han står i dörrhålet till Gustafs rum, full av arbetslust i sin lätta vältränade kropp och det röda kortklippta håret.

Han är klädd i en ljusblå jeansjacka och ljusa jeans samt lätta träningsskor. Man kan skymta hans pistol, en Zig Sauer, dold under jackan.

– Bra och mycket intressant just nu, svarar Gustaf.

Han går sedan igenom spaningsläget med Bent som redan känner till det mesta.

– Du får alla resurser du behöver och italienaren skall aldrig släppas.

– Det är lugnt, jag förstår vad du förväntar dig, svarar Bent, samtidigt som han lämnar rummet.

Gustaf vet att Bent är en handlingens man och att han inte tycker om några »långa predikningar«.

På väg ut stöter han ihop med Catrin, som tänker tala med Gustaf. Han ser att Catrin har något viktigt att berätta och ber henne sitta ner.

Catrin berättar först lite allmänt om Sundärendet. Sedan berättar hon om det märkliga mötet med Per Sund på Medical Future. När Catrin berättar om det försvunna partiet av Bromssyn reser sig Gustaf dramatiskt upp ur stolen.

– Är det här sant? utropar Gustaf, ovanligt upphetsad och nyper sig i näsan.

– Ja, det fattas ett parti på ca två kilo som är värt minst tio miljoner, säger Catrin.

Gustaf berättar sedan för Catrin om vad som håller på att hända i krogärendet. Båda två funderar över om det kan finnas någon koppling till Sundärendet eller om det är två separata händelser.

Gustaf ger Catrin i uppgift att försöka kartlägga vem Sören är och var han arbetar på Medical Future. Gustaf tycker att hon också skall titta lite på forskningschefen Runar.

Erik Svensk åker ut i god tid för att invänta planet som skall komma från Rom klockan 19.30. Han är inte medveten om att han har haft span på sig sedan han klev ur sängen imorse. Erik bor i en dyrbar etagelägenhet i centrala Uppsala. Det har han råd med, för »affärerna« har gått mycket bra de senaste åren.

Han är »Chefens« närmaste man och de är i det närmaste oskiljaktiga. Erik är något mer försiktig än »Chefen« och håller sig mer i bakgrunden. Han har haft en ganska orolig uppväxt i Uppsala, och kom tidigt in på den kriminella banan. Det var inte frågan om våldsbrott utan brott av mer ekonomisk natur. Erik verkar vara en smart person. Han är oerhört förslagen att lägga upp planer för olika sorters affärsverksamhet och bedrägerier. Hans stora passion här i livet är annars att han är en stor samlare och kännare av vykort. Det som han är mest intresserad av är vykort på gamla järnvägsstationer och han tycker om att besöka Järnvägsmuseet i Gävle. Där kan han gå omkring i flera timmar och studera gamla tåg. Erik är också fascinerad av att bygga olika landskap med modelljärnvägar.

Han är också mycket intresserad av få umgås med vackra och intressanta kvinnor. Han har därför ett stort umgänge bland stans kvinnor och kallas ofta för »Charmören«.

Erik har aldrig träffat italienaren förut, som skall heta Rossi, men han har fått kännetecken och en beskrivning på hur han ska se ut. Han vet att han inte är den främste mannen i den grupp av personer som de nu skall göra affärer med, utan mera någon form av kurir.

Erik parkerar sin stora nya BMW utanför terminal 5, och går in och ställer sig vid ankomsthallen. Han är iklädd sin mörka kostym och är över 190 cm lång och med sitt mörka bakåtkammade hår är han lätt att känna igen för Bents spanare. Samtidigt har Bent placerat ut sina spanare strategiskt i ankomsthallen. Han har naturligtvis lämnat en patrull som har koll på Eriks bil.

Planet landar i rätt tid och det dröjer inte länge förrän passagerarna börjar strömma ut från ankomsthallen. Bent kan se hur Erik sträcker på sig för att kunna se. Och snart dyker den han söker upp. Det kommer en elegant man i svart kostym och svart vågigt hår och han bär endast på en stor exklusiv läderportfölj. Han åker förmodligen med det lättaste bagaget av alla resenärerna. Mannen skiljer sig från de andra passagerarna med sina mörka glasögon. Erik tar genast ut mannen och de verkar hälsa artigt på varandra. De försvinner sedan snabbt ut ur terminalbyggnaden och går direkt mot Eriks bil.

Det märks tydligt att Erik är en van bilförare och han tar sig snabbt från Arlanda och kommer ut på motorvägen mot Stockholm. Bents spanare är med, utan att väcka uppmärksamhet. De spanare som Bent har med ute i dag är alla rutinerade och skall vara proffs på att skugga bilar utan att bli upptäckta. Man har den kompletta uppställningen på spanbilar och då skall man kunna klara av alla situationer. Det är inga problem att skugga Eriks bil på motorvägen, men nu blir det svårare när man kommer in i Stockholm. Erik kör mot Gamla stan och det är mycket trafik, men Bents grabbar hänger med. Man närmar sig kungliga slottet och då viker Erik av mot Grand Hotell och parkerar bilen utanför. Han lämnar sedan bilen tillsammans med Rossi och går in på hotellet.

Gustaf har via radiotrafiken och mobiltelefon hela tiden följt händelseförloppet ifrån Uppsala. Plötsligt kommer Catrin inrusande på hans rum utan att knacka.

– Vad intressant! utropar hon.

– Ja, det är mycket som är intressant just nu, svarar en något stressad Gustaf.

– Sören arbetar på Medical Futures mest hemliga ställe, där man tillverkar Bromssyn.

– Nu börjar bitarna att falla på plats, svarar Gustaf.

– Jag har slagit på Sören och han är helt ren, förekommer ingenstans. Han har arbetat länge på Medical Future och verkar leva ett vanligt Svenssonliv med fru och två minderåriga barn. Den enda kopplingen till Krogligan som jag kan hitta är att de är ungefär lika gamla och uppvuxna i samma område.

– Mycket bra information, tillägger Gustaf.

– Jag fortsätter nu med Sundärendet. Jag tänker höra Maria Sund igen, främst om signalementet på gärningsmannen och bilen. Men hon kanske även har något mera att berätta, säger Catrin.

– Det låter bra.

– Sedan har jag och Gunnar tänkt gå ut och jobba lite med de

39

uppgifterna på intressanta platser i Uppsala, berättar Catrin innan hon lämnar Gustafs rum.

När hon går ut möter hon Stina från telefonavlyssningen som är på väg in till Gustaf.

– Det är maffian, skriker Stina så att Gustaf hoppar högt i sin stol.

– Vad då maffia?

Stina berättar då att hon skickade en förfrågan till Europol, som man brukar göra i sådana här fall när man har en okänd utlänning i ärendet.

– Man har svarat att Rossi tillhör en gruppering i Rom som är nära knuten till italienska maffian. Den här grupperingen håller på med spelverksamhet och travhästar. De styr det mesta av den verksamheten kring Rom och i norra Italien.

– Mycket bra, Stina, och han ser att Stina blir glad av berömmet.

Nu börjar det snurra även i Gustafs huvud så han bestämmer sig för att söka upp Harry Enbacke.

Enbacke ser att Gustaf ser mer stressad ut än vanligt när han står och stampar i dörren och väntar på att Enbacke skall bli ledig.

– Kom in och sätt dig, Gustaf, säger Enbacke med ett leende på läpparna.

– Bra, jag behöver prata med dig, pustar Gustaf

Gustaf berättar sedan hela händelseförloppet för Enbacke. Nu blir även Enbacke lite stressad. Men de är överens om att italienaren i Stockholm har högsta prioritet. Båda två är också tveksamma till om det här kan ha något med Sundärendet att göra. Men visst tycker de att det är märkligt att så mycket händer kring Medical Future just nu.

De är överens om att de måste ha dygnetruntbevakning av Grand Hotell i Stockholm och full bemanning på telefonavlyssningen. Men nu kommer det till nya spaningsobjekt. Man måste ha bevakning av Sören och Krogligans huvudpersoner. Man måste också, för säkerhets skull, få lyssning på Rossis rumstelefon på hotellet, även om han mestadels använder sin mobil.

– Det blir problem att få fram folk till alla de här arbetsuppgifterna, säger Gustaf bekymrat.

– Oroa dig inte, Gustaf, jag skall gå och prata med Rosmyr.

Enbacke skyndar iväg till Rosmyr, som sitter på plan åtta i ett stort tjänsterum med utsikt över Uppsalas pärla, det så kallade årummet. Som alltid sitter det några på kö för att få komma in till Rosmyr. Enbacke har reagerat över att det ofta är samma personer som sitter där och han har sina egna tankar om detta.

När det blir Enbackes tur skiner Rosmyr upp, för hon vet att han inte springer i onödan hos länspolismästaren.

– Och nu är det något viktigt förstår jag, undrar Rosmyr.

41

– Ja, det kan man nog säga, svarar Enbacke lite torrt.

Han berättar sedan lite kortfattat om situationen i krogärendet och att han behöver mandat för att låna personal från andra avdelningar till Gustafs rotel. Rosmyr verkar då bli bekymrad, men hon vet också att stoppa Krogligan är hennes högsta prioritet. När Enbacke ser att hon drar på beslutet härsknar han till och säger något som han kanske borde ha hållit inne med.

– Det kanske är sant som den där begåvade, men litet uppstudsiga, närpolisen i norra området sa när de inte fick en nödvändig förstärkning, säger Enbacke lite irriterat.

– Vad då? frågar Rosmyr lite förvånat.

– Jo, han sa att det går in femhundra poliser i polishuset varje morgon och ut kommer tio poliser i fem polisbilar.

– Det där var inte roligt, muttrar Rosmyr samtidigt som hon säger att Enbacke skulle se till att Gustaf fick tillgång till all personal som han behövde.

Catrin ringer till Maria Sund för att få till ett möte.

– Hej, det är Catrin från polisen. Vi skulle gärna vilja träffa dig igen.

– Det går bra eftersom jag arbetar hemifrån idag, svarar Maria.

– Bra, då kommer jag tillsammans med min kollega Gunnar vid 14-tiden i dag.

– Det blir bra, så kan jag bjuda på lite kaffe då.

Catrin och Gunnar åker till Sunds villa i Kåbo och det är verkligen ett lugnt och fint område så här i försommargrönskan. Sunds har en vacker trädgård med äpplen, päron och plommonträd. Det är en stor välplanerad tomt som omger det stora vackra huset. Maria Sund öppnar dörren.

– Hej och välkomna. Skall vi sitta i vardagsrummet eller biblioteket?

– Det spelar ingen roll, svarar Catrin.

De passerar igenom en rymlig hall med högt i tak, som det är i alla rummen, innan de kommer in till vardagsrummet.

Catrin drar efter andan när de kommer in till vardagsrummet, som säkert är mer än 50 kvadratmeter stort och elegant möblerat. Där finns en gammaldags kakelugn, stora vackra tavlor, stora mattor, som säkert är äkta, och en imponerande skinngrupp av möbler utöver en matgrupp som är placerad i ett hörn. De sätter sig ner bekvämt i skinnmöblerna.

– Har du kommit på något mer sedan vi pratade sist? frågar Catrin.

– Jag har tänkt på den här händelsen, men försöker arbeta på som vanligt även om jag känt mig lite orolig. Det är tur att jag har Ewa till min hjälp.

– Är det något särskilt du har tänkt på? frågar Catrin.

– Ja, jag tänkte på vad den här mannen sa och även om det inte var många ord så har jag en känsla av att han bröt på något språk.

– Kan du precisera närmare? frågar Gunnar, som hela tiden antecknar medan Catrin pratar med Maria.

– Jag tror att det kan vara östeuropeisk eller kanske sydeuropeisk dialekt.

Maria uppger att hon också har försökt titta efter bilen som var aktuell vid misshandeln, men har svårt att komma ihåg exakt hur den såg ut. Hon är också ganska säker på att mannen var maskerad med peruk och lösskägg. Hon tycker även att hennes man Per har blivit förändrad efter den här händelsen. Han verkar mer rastlös och orolig, även om han har mycket att göra med det nya läkemedlet Bromssyn.

– Hej mamma, hörs ett rop inifrån hallen

Det är Ewa som kommer hem med båda barnen från skolan. De hälsar på barnen, som verkar rara och väluppfostrade. Ewa gör i ordning kaffe och dukar upp med en god kaka. Catrin frågar lite om Maria har några men av misshandel, men det har hon inte, i alla fall inga fysiska.

Catrin uppmanar Maria innan de åker att hon skall ringa om hon kommer på något, och Maria hälsar till Gustaf.

På vägen till polishuset sitter Catrin i sina egna tankar. Hon tänker på de fina barnen och funderar över sin egen situation och om barn som hon längtar efter. Hon och Olle har hållit ihop i snart två år och de försöker nästan varje natt. Catrin har inte skyddat sig under den tiden och en del tankar börjar växa i hennes huvud. Det är väl en av anledningarna till att hon tränar så hårt när hon är ledig, för att i alla fall känna ett fysiskt lugn. Strax innan de skall köra ner i garaget bryter Gunnar tystnaden.

– Vet du något om den där barnflickan Ewa? frågar han.
– Bara att hon kommer från Polen. Var det något särskilt? frågar Catrin.

– Nej, det var bara en tanke, svarar Gunnar innan han kör in i polishuset.

45

Catrin och Gunnar går tillsammans till Catrins rum, där de sätter sig ner och funderar kring ärendet. Catrin märker nu att han har stor förmåga att analysera olika problem ifrån olika utgångspunkter. Han funderar verkligen över ett ärende i många olika riktningar. Catrin blir också imponerad över vilken stor personkännedom Gunnar har. Han verkar verkligen veta vad som rör sig i Uppsalas undre värld.

– Du Gunnar, kan vi inte gå ut och söka information lite mera aktivt ikväll, eftersom du och jag inte är så involverade i krogärendet just nu.

– Visst, då kan jag passa på att kontakta en källa också, svarar Gunnar.

Catrin känner att hon gärna skulle vilja vara med på de intensiva spaningarna i krogärendet just nu, men de har fått Sundärendet som sin huvuduppgift och det är trots allt beröringspunkter mellan de båda ärendena.

Catrin och Gunnar börjar arbeta vid niotiden samma kväll. De besöker olika krogar och lyssnar runt. De tittar naturligtvis också efter den man de söker på det signalement som Maria lämnat. De hör en del intressanta samtal främst om Krogligan, som det pratas med stor respekt om. De märker också att på en del krogar så tisslas det när Catrin och Gunnar går in och de förstår att de är igenkända som poliser. Det är främst i garderoberna på dessa krogar som det verkar vara en del ljusskygga individer som arbetar. De snappar också upp en del samtal inne på krogen om att Krogligan håller på att ta över vissa ställen.

Catrin och Gunnar träffar sedan Gunnars källa Anna, som är en kvinna i 30–årsåldern, lite mullig med ljust kortklippt hår och ett sött utseende. Catrin ser att Anna är piercad med smycken i läpp och näsa. Hon är pratglad och verkar ha koll på det mesta i Uppsalas undre värld.

De berättar att de är intresserade av en grå bil och den aktuella mannen från händelsen. Anna kan inte komma på något med detsamma, men lovar att snoka vidare.

– Vet du om Krogligan har några kontakter på Medical Future? frågar Gunnar helt plötsligt.

– Ja, jag tror »Chefen« känner några av dem som arbetar där, svarar Anna.

– Vem då? frågar Gunnar.

– Jag tror att han har en barndomskamrat som arbetar där, som jag tror bor i Gamla Uppsala och skall heta Lars eller Sören. Jag tror även att han känner forskningschefen där.

Intressanta uppgifter, tänker Catrin, och det här måste vi genast meddela Gustaf.

Catrin tycker om Anna, men förstår inte riktigt varför hon lämnar uppgifter till polisen, som i det här fallet är lika med Gunnar. Hon funderar också över hur en sådan söt och trevlig person har kunnat hamna i den undre världen i Uppsala med allt vad det innebär.

När de hade skilts från den pratglada Anna känner Catrin att hon måste fråga Gunnar.

– Varför samarbetar Anna med oss egentligen? framkastar hon.

– Det är en lång historia, men jag hjälpte henne vid ett tillfälle när hon var illa ute och det var så det började, svarar Gunnar.

– Är det någon slags avbetalning av en skuld då? undrar Catrin.

– Nej, inte alls, utan det här att ha en informatör är en komplicerad historia och måste bygga på ett förtroende mellan båda parter. Man måste alltid ta reda på vilket motiv en informatör har för att samarbeta med polisen och man får aldrig missbruka informatörens förtroende. I Annas fall var det att hon började tycka alltmer illa om kriminaliteten i stan och helt enkelt ville hjälpa till. Hon är helt drogfri nu och lever ett ganska vanligt liv trots att hon har många av sina gamla kontakter kvar.

Catrin och Gunnar är ganska nöjda med det de har fått fram under kvällen och de båda har märkt att Uppsala håller på att växa som stad på många vis. Gunnar tänker redan på morgondagens kväll då han skall till bridgeklubben och spela med sina bridgekompisar. Efter skilsmässan har klubben blivit som ett andra hem för honom. Det är klart att ibland känner han sig ensam och det är då han brukar ta några extra glas whisky. Han trivs trots allt ganska bra med sitt nuvarande liv, men visst längtar han efter närheten till en omtänksam kvinna ibland. Men han har ju också stugan i Sörsjön att längta till.

Man har nu bevakning på alla platser som man tror är intressanta i ärendet. Det som väcker mest tankar nu är att Rossi konstigt nog använder hotellrummets telefon för ett samtal till Rom i Italien. Samtalet är naturligtvis på italienska, men eftersom man har förberett med en italiensk tolk på telefonavlyssningsrummet så är det snart översatt.

Det talas om en speciell bil. Det är ett kryptiskt och svårtolkat samtal. Men det framgår också att Rossi verkar nöjd med det som har hänt hittills.

Man har nu bevakning hos »Chefen« och han är i bostaden. Erik Svensk har kommit tillbaka från Stockholm och ringer en del egna privata samtal, som han brukar göra, under kvällen. Det mest lovande i ärendet är att han ringer ett kryptiskt samtal till Sören i Gamla Uppsala. Kopplingen var nästan bekräftad sedan tidigare, men nu är den fullständigt bekräftad.

John Risk är också i bostaden, i sin hyresrätt, i centrala

Uppsala. Han som brukar kallas Rambo och det är väl för att han är en ovanligt muskulös man. Han brukar därför få uppdrag vid indrivningar och liknande, men han brukar även vid vissa möten fungera som livvakt åt »Chefen«. John är familjekär och försöker så ofta som möjligt vara hemma hos sin sambo och deras ettåriga dotter. Dottern har något medfött fel sedan födseln, vilket bekymrar John och han funderar ofta över varför det har blivit så.

Han är annars i grunden en friluftsmänniska, som älskar att få åka ut och fiska vid någon tyst sjö. Det är många bland hans barndomskamrater som är förvånad över Johns nuvarande liv, eftersom han var en omtyckt kompis med vanliga intressen när han växte upp. En del av Johns barndomskamrater tror att John har hamnat i den här kriminella miljön för att han blev mobbad i skolan och att han nu vill ta revansch mot samhället genom att skaffa respekt för sin person.

Sören är hemma i villan som är bevakad av två alerta inlånade ordningspoliser. Sörens villa är av det enklare slaget, men verkar välskött. Poliserna reagerar över att han har två nya bilar som står på uppfarten. Har man verkligen råd med det som enkel arbetare vid Medical Future?

I telefonavlyssningsrummet har man en liten stab med Gustaf Aspner, Harry Enbacke och chefsåklagaren Åke Joelsson. Åke är en kompetent åklagare som dessutom är helt orädd när det gäller att fatta tuffa beslut. Han är helt uppdaterad i ärendet och pågående händelse. Det som bekymrar honom lite är att det mesta tyder på att det inte är narkotika som det rör sig om och som har fått avlyssningen på. Skulle det vara Bromssyn så kan det kanske enbart handla om en grov stöld, men ändå till ett stort värde.

Klockan börjar närma sig nio på förmiddagen när ett samtal kommer till staben som säger att Erik har lämnat bostaden och kör mot centrum ensam i bilen. Nästa samtal visar att han hämtar upp John Risk vid hans bostad.

Bent, som leder spaningarna ute, står standby med två spanbilar och meddelar att man bara ska använda krypterad sändning samt mobiltelefonerna.

– Endast försiktig spaning efter bilarna i nuläget, säger Bent.

De två unga ordningspoliserna som står väl gömda i Gamla Uppsala har fått all information och känner nu verkligen av spänningen. De har fått registreringsnumret på Svensks nya BMW.

– Titta, nu kommer den, viskar en av dem tyst när den nya blanka BMW:n glider in på gårdsplanen.

– Ja, och inga polisbilar syns efter den, svarar den andra.

Det är två personer i bilen och de unga poliserna känner igen Erik Svensk och John Risk. De båda går ur bilen och John bär på en stor läderportfölj. De är iklädda svarta kostymer med vit skjorta och slips. De båda unga poliserna tycker att det både ser maffiaaktigt och overkligt ut. Det ser nästan ut som det skulle vara på film.

De ringer på dörrklockan till villan och polisen kan se att en man i 45–årsåldern öppnar och släpper in dem. De är inne i villan i cirka en halvtimme innan dörren öppnas sakta och Erik kommer ut tillsammans med John, som då bär på samma portfölj. Erik sätter sig på förarplatsen medan John går till bakluckan och då troligtvis har portföljen med sig. Han håller på med något i bakluckan innan han sätter sig bredvid Erik på passagerarsidan. De kör sedan sakta ut ur Gamla Uppsala och mot gamla E4:an vidare söderut. Bent tar nu kommandot och räknar upp vilka bilar förutom hans egen som skall följa efter. Bent har nu också öppen telefonlinje till staben.

51

I staben funderar man över vad man skall göra i nuläget, men efter att ha vägt olika saker för och emot bestämmer man sig för att fortsätta spaningarna och inte slå till. Om man skulle slå till så skulle man kanske avslöja sina spaningar mot Krogligan för en grov stöld.

När Svensks BMW närmare sig den södra rondellen innan påfarten till motorvägen ropar Bent.

– Pass på, nu kommer det att hända saker.

Mycket riktigt. I rondellen kör Erik Svensk två varv innan han fortsätter färden söderut, säker på att han inte har någon spaning efter sig. Det här kände Bent på sig och hans rutin gjorde att de inte blev avslöjade.

Den fortsatta färden mot Stockholm är inga problem för spanarna. Men när man kommer innanför tullarna blir det genast svårare och ställer då högre krav på poliserna. Det gäller både bilkörningen och att kunna behålla lugnet i kommunikationen. Bent ser snart att Svensk tar samma väg som förra gången, när han hämtade Rossi på Arlanda. Färden går mot Gamla stan och Grand Hotell. Bent tar därför kontakt via mobiltelefon med den patrull som befinner sig vid Grand Hotell. Det är en erfaren spanpatrull som snabbt uppfattar situationen och placerar sig diskret i närheten av hotellet. De uppger också att de har sett att Rossi hade tagit en tidig morgonpromenad och att han då hade talat ivrigt på italienska i sin mobiltelefon. Han har inte synbart varit i kontakt med några andra personer.

Svensk parkerar sin bil på samma ställe som vid förra tillfället. Han lämnar bilen och John får sitta kvar. Svensk bär inte på någonting när han går in på hotellet. Svensk är inne på hotellet i nästan en timme innan han och Rossi kommer ut tillsammans. Svensk sätter sig vid förarplatsen och John går ut ur bilen och öppnar bakluckan. Rossi är då med och tittar nyfiket in i bakluckan. Båda går sedan och sätter sig i bilen. John sätter sig i baksätet medan Rossi sätter sig i framsätet bredvid Svensk. De kör sedan E4:an söderut. Bent tar telefonkontakt med staben, som säger att han skall följa efter med sin grupp spanbilar. Den andra bilen gör en del kontroller på hotellet innan de återvänder mot Uppsala.

Medan färden går söderut med Svensks BMW och span efter sig, rådgör staben i Uppsala om det framtida scenariot.

– Jag är nästan säker på att de tänker lämna landet via Öresundsbron, säger Gustaf.

– Men de kan också ta flyget från Malmö, svarar Enbacke.

– Vi måste upprätta en kontakt med tullen vid Öresundsbron och kontrollera flygtiderna, säger Gustaf.

– Portföljen måste finnas kvar i bilen så vi avvaktar med tillslag, bestämmer Joelsson.

När de kommer fram till Malmö dröjer det inte länge förrän Svensk kör in på en OK bensinmack i utkanten av staden. Han är noga med att parkera bilen undanskymt och den är svår att se för spanarna. Man kan ändå se att Rossi nu pratar hetsigt i sin mobiltelefon.

Bent placerar ut bilar och spanare strategiskt kring macken, men det är ändå svårt att se exakt vad som händer vid Svensks bil.

Efter cirka en halvtimme så kommer det en finare utlandsregistrerad bil som sakta kör in på macken. Det är en person i bilen, som är en Italienregistrerad Alfa Romeo av nyaste modell. Bilen kör upp på sidan av Svensks bil och man kan se att en man i mörk kostym och mörka glasögon stiger ur bilen och går fram till Svensks bil och börjar prata med Rossi. John och Rossi går ur bilen och de går tillsammans med den okände mannen till BMW:s baklucka, som de öppnar. Det konstiga är att den okände mannen samtidigt öppnar motorhuven på sin Alfa Romeo. Spanarna kan nu inte riktigt se vad som händer för bilarna är placerade på ett sådant sätt att de skymmer sikten. Det hela slutar med att Rossi sätter sig bredvid den okände mannen i Alfan.

Bent har direktkontakt med staben och frågar ifall man skall slå till men staben har en annan åsikt. De har underrättat tullen vid Öresundsbron om den Italienregistrerade Alfa Romeon och begär att den skall stoppas och gås igenom till hundra procent. När italienarna lämnar OK macken, ger Bent order att två bilar fortsätter skugga dem medan de andra två bevakar Svensks bil.

Alfan körs i lugn takt mot Öresundsbron, med två spanbilar efter. John och Erik Svensk kör till ett lämpligt matställe i Malmö och går in där. De lämnar nu bilen obevakad. Samtidigt går det in ett telefonsamtal på avlyssningen från Erik Svensk till »Chefen«.

– Förstår ni det här? frågar Stina när Staben får avlyssna samtalet.

– Hej, kalkonen är levererad, säger Erik Svensk.

– Bra och hur är det med äggen? frågar »Chefen«.

– De är säkrade, svarar Erik.

– Då ses vi framåt kvällen, säger en nöjd »Chef«.

När Alfa Romeon kommer fram till Öresundsbron vinkas den in av tullen. Det här verkar ju fungera, tänker Bent, samtidigt som man avvaktar tullens resultat. Staben uppmanar Bent att försöka ha italienarna under uppsikt medan tullen går igenom bilen. Efter en stund kan han se att de även hämtar en hund för att kontrollera bilen. Men det är knappast narkotika i bilen, tänker Bent.

Efter några timmars sökande i bilen vinkar en av tullarna till sig Bent. Spänningen är nu på kokpunkten i staben i väntan på vad Bent skall meddela – så kommer telefonsamtalet.

– Hej, de hittade ingenting i bilen och det fanns ingenting på italienarna, så de får åka vidare om inte ni har något.

– Ja, det är bara att låta dem åka, svarar chefsåklagare Åke Joelsson.

– Jag blir alldeles matt, pustar Gustaf.

– Ja, men vi får inte tappa fattningen, utan vi fortsätter att följa Svensks bil, säger Harry Enbacke.

Gustaf förstår inte hur de har kunnat analysera allt så fel. All logik talar ju för att det skulle finnas minst två kilo Bromssyn i italienarnas bil. Det här var ju Gustafs starka sida att göra rätt analyser i sådana här lägen.

Erik och John kör sedan E4:an norrut efter att ha ätit sin lunch på den italienska restaurangen Cattolica. Erik tycker om det mesta från Italien, som maten och klimatet. De stannar vid något fik under vägen, annars händer inget speciellt.

I staben bestämmer man då att man skall ta trafikavdelningen till hjälp och göra en trafikkontroll precis när de kommer in i Uppsala. Svensk fortsätter motorvägen förbi Stockholm, norrut. Tänk om de tar av mot Arlanda, funderar Bent, men de passerar Arlandaavfarten.

Nu förbereds ett stopp av trafikpolisen precis vid södra infarten till Uppsala. Det är två målade bilar från trafikpolisen som gör stoppet. De här poliserna känner inte till ärendet och vad som har skett tidigare under dagen. Nu har de fått i uppdrag att titta efter en läderportfölj och pengar.

Bents spanbilar passerar förbi utan att Svensk reagerar. Erik och John uppträder trevligt och lugnt mot trafikpoliserna. Erik till och med öppnar bakluckan utan protester när en av poliserna vill titta på varningstriangeln. Och där i bak så ligger portföljen. En av trafikpoliserna frågar vad som finns i portföljen:

– Det kan jag visa dig, svarar Erik och öppnar portföljen, som är helt tom.

Efter en del ytterligare kontroller får Erik och John åka vidare.

Gustaf och Harry Enbacke förstår nu att Bent inte är på bästa humör och de bestämmer att Gustaf skall prata med honom så fort han kommer in i polishuset. Det dröjer inte länge förrän Bent står i dörrhålet till Gustafs rum.

– Vad fan håller ni på med, börjar Bent.

– Ja, vi måste ha gjort fel någonstans, men jag vet i dag inte var, svarar Gustaf.

– Det är inte klokt, tio miljoner till Krogligan och sådant där läkemedel till maffian. Varför fick vi inte slå till? frågar Bent.

Gustaf går sedan igenom hela händelseförloppet med Bent och försöker förklara att man inte ville bränna spaningarna genom att slå för tidigt och det var ju i alla fall inte narkotika som fanns i portföljen. Bent förstår det lite bättre nu, men ändå inte helt. Men han är av hårt virke och när han lämnar rummet säger han:

– Vi tar dem nästa gång istället.

Länspolismästaren Linda Rosmyr har kallat Gustaf Aspner och Harry Enbacke till ett möte med anledning av det misslyckade tillslaget i Malmö.

Länspolismästaren Linda Rosmyr känner sig annars ganska nöjd med livet just nu. Hon är en vacker och attraktiv kvinna på många sätt. Hon är i 40–årsåldern och har två halvvuxna barn. Linda är lite av perfektionist både hemma och i sitt arbete Hon går nästan alltid klädd i något slag av strikt dräkt, inköpt i exklusiva affärer. Hon gör alltid ett prydligt och respektfullt intryck på sin omgivning. Linda är intresserad av kultur och sina hästar, som hon har uppstallade på deras lantställe ute i Roslagen. När hon kommer ut dit och får rida på sina hästar känner hon sig verkligen fri och lycklig. Hennes man är en känd forskare som ofta är borta på olika seminarier och liknande, så förhållandet till honom blir allt sämre. Linda söker därför ofta tröst i sitt arbete, som hon verkligen tycker om. Hon tror att hon är ganska omtyckt, samtidigt som hon vet att man inte kan vara älskad av alla som chef.

Hon saknar tiden i början på sitt förhållande, då de brydde sig om varandra mer än nu. I dag så finns inte den där närheten och ömheten som varje människa behöver för att må riktigt bra. Men så hände en sak som förändrade allthop. De hade länge pratat om att renovera sitt stora kök. De hade genom en bekant fått tips på en liten byggfirma och så en dag kom Bo från firman och satte igång med köket. Bo var utbildad snickare, men även delägare i byggfirman.

Linda tyckte om den här Bo redan från första början och hon beundrade hans yrkesskicklighet. Han var väl i 35-årsåldern och såg mycket bra och vältränad ut. Och hon började bjuda på kaffe innan han slutade, ganska sent på kvällarna. Hon märkte då att hon blev alltmer intresserad av hans person och han verkade inte heller helt ointresserad av henne. Det enda som hon inte tyckte om var att han rökte cigaretter nästan hela tiden. Hon själv hade aldrig köpt några cigaretter utan bara feströkt vid något enstaka tillfälle.

Det var fredagskväll och Linda gjorde som hon brukade, hon frågade om Bo ville ha en kopp kaffe och Bo tackade ja. De satt som vanligt mittemot varandra i skinnmöblerna. De pratade om allt möjligt och trivdes verkligen med varandra. Linda tyckte att Bo verkade allmänbildad och hon märkte att det började hända saker i hennes huvud. Men det kunde väl inte vara så att hon höll på att bli förälskad och hon märkte att Bo också var mycket intresserad av henne. De skildes den sena fredagskvällen med en stor, varm kram.

Linda kände sedan en viss oro i kroppen och hon tänkte på sin man som hon varit så förälskad i, men numera träffade alltför sällan. Och de hade ju två underbara flickor tillsammans och hon sitt arbete som högsta chef inom Uppsalapolisen.

Linda och Bo fortsatte att ha kontakt även efter att han hade gjort klart i deras villa. Hon kände så mycket för Bo och han för henne så hon kunde inte känslomässigt bryta den kontakten helt. Samtidigt så brottades hon med att hon kanske skulle svika sin familj ifall hon skulle lämna den för Bos skull. Det var en mycket svår tid med många sömlösa nätter och hon vill inget heller än att lösa det här i samförstånd med alla inblandade.

Hon visste också att sådana här personliga problem inte får påverka henne i sin roll som polischef. Linda tror att hon klarade av det problemet på ett professionellt sätt.

Linda kände, efter mycket funderande, att hon måste bestämma sig för hur hon skulle gå vidare i livet och det var ett mycket svårt beslut. Hon kände att hon hade så starka känslor för Bo på alla områden att hon ville leva tillsammans med honom och hon visste att han kände likadant. Hon beslöt därför att berätta alltihopa för sin man och sina två barn; att hon ville skiljas. Allt det här gick lättare än vad hon hade trott. Både hennes man och barn förstod henne och accepterade hennes beslut, även om de också kände en stor ledsnad.

Och det dröjde inte länge förrän Linda skilde sig från sin man och hon lever just nu i ett lyckligt passionerat förhållande med Bo.

– Hej, säger Gustaf och Harry när de knackar på hos länspolismästaren och märker att hon har tänkt på något annat.

De redogör sedan för den misslyckade spaningsinsatsen mot Krogligan.

– Vet ni nu vad som gick fel? undrar Linda.

– Ja, svarar Gustaf.

Han berättar att man efterlyst den aktuella bilen via Europol för övervakning och iakttagelse. Bilen hade stoppats av italiensk polis i Rom några dagar senare och de hade tagit kontakt med Sverige angående åtgärder mot bilen och föraren. Den italienska polisen hade då fått tips om att särskilt titta under motorhuven och där fann man lösningen. Man kunde konstatera att den exklusiva bilen hade ett ovanligt stort handskfack, som dessutom var delat på mitten. Öppnade man handskfacket på vanligt vis så såg man bara halva handskfacket. Den andra halvan måste man öppna från andra hållet under motorhuven. Det här hade tullen missat och narkotikahundarna reagerade inte på Bromssyn. Italienska polisen hittade också små fragment av, troligtvis, Bromssyn i den bakre delen av handskfacket.

– Vi borde ha förstått det här när de nämnde en specialbil vid telefonsamtalet i Stockholm från Italien, säger Harry Enbacke.

– Vi skulle ha låtit tullen skruva sönder hela bilen, fyller Gustaf i.

– Och vad händer nu? frågar länspolismästaren.

– Krogligan har förmodligen fått 10 miljoner till, som de kan använda att investera i vit affärsverksamhet, men de håller också på med narkotikaaffärer med personer från Polen. Men vi är med, säger Gustaf.

– Det enda som är bra med den här operationen är att de inte misstänker att de haft span på sig under tiden, säger Enbacke.

– Ja, då fortsätter ni, och förresten, hur går det med Sundärendet? frågar länspolismästaren.

– Inget direkt nytt, svarar Gustaf innan de lämnar länspolis-
mästarens rum.

När de kommer ut ur rummet, vänder sig Enbacke mot Gustaf.

– Konstigt att hon var så positiv och glad.

– Det är säkert den där nya mannen som har fått henne på det
här humöret. Hon verkar verkligen nykär, säger Gustaf och
låter nästan lite avundsjuk.

Gustaf får samtidigt en tanke över sin egen situation, men slår
genast bort den, för han älskar ju sin Mia.

Han är nöjd med Linda som högsta chef eftersom hon är kom-
petent och även har empati. Linda är känd för att hon kan
göra minst två saker samtidigt med full kontroll, men även för
att ibland vara lite barnslig. Gustaf tänker då på att hon i det
närmaste är»uniformsfreak.«Hon lyser som en sol när hon får
ta på sig den vita skjortan med alla strecken och den stora vita
uniformsmössan.

Med anledning av tips och annan information, som kom in till polisen om att ett av Uppsalas »gäng« planerar ett grovt rån, så får polisen telefonavlyssning på några namngivna personer. Både Gustaf och Harry vet att resurserna inte räcker till för någon fysisk spaning just nu, men tipsen var så bra att man trots det måste försöka med en telefonavlyssning, som tingsrätten godkände. Det dröjer sedan inte många dagar förrän Stina kommer instormande på Gustafs rum.

– Nu händer det saker, börjar Stina. Gänget pratar om att de tycker att »Chefen« har för stor makt i Uppsalas undre värld. De tycker att han inkräktar på deras narkotikamarknad och kontrollen över krogarna. De ser det här som ett stort problem.

– Det där låter intressant, men vi får avvakta fortsättningen, svarar Gustaf.

– Annars är det lugnt på linjerna, säger Stina innan hon lämnar Gustafs rum.

Gustaf informerar Harry om de här uppgifterna och de är överens om att avvakta och se vad som kommer fram senare. Det dröjer bara någon dag tills Stina åter kommer inrusande på Gustafs rum och nu betydligt mer upphetsad.
– Nu tänker de ta bort »Chefen«, säger Stina, något upphetsad.

Hon berättar sedan att vid ett telefonsamtal mellan två gäng-medlemmar så pratar de om att en torped från Göteborg är på gång för att fixa »Chefen«.

– Det där låter betydligt mer allvarligt, säger Gustaf, som vill avlyssna samtalet själv.

Efter att ha gjort detta kallar Gustaf till ett möte med chefs-åklagare Joelsson och Harry. Alla tre är överens om att något sådant här har de inte varit med om tidigare. Så det blir en brainstorming om hur de skall tackla de här uppgifterna. Jo-elsson är den som till en början har den tuffaste attityden och tycker i stort sett att man skall låta det rulla på. Gustaf och Harry tycker att man måste göra något och att man inte bara kan titta på ifall det skulle sluta i ett mord.

– Ni är nog klokast. Vi måste nog på något sätt varna »Chefen« utan att avslöja telefonavlyssningen, säger Joelsson.

– Men hur? undrar Harry.

– Vi måste få kontakt med honom på något sätt, säger Gustaf.

– Har vi ingen polis som »Chefen« har förtroende för? undrar Harry.

– Jo, jag vet en som »Chefen« har haft bra kontakt med i tidi-gare utredningar, säger Gustaf.

– Och vem är det? frågar Joelsson.

– Det är med Gunnar och jag tror att han är den enda möjliga till att ta en sådan här kontakt.

– Det låter bra. Jag tycker att du skall prata med Gunnar så fort som möjligt, säger Harry och alla är överens om det upplägget.

Man är också överens om att »Chefen« skall få information om att det finns personer som är ute efter honom. En viktig bit i det här scenariot är ju också att »Chefen« har en familj att tänka på.

Gustaf ringer efter Gunnar så fort de andra har lämnat hans rum.

Gunnar kliver in på Gustafs rum lite försynt, utan att veta vad saken gäller. Gustaf berättar hela historien om att »gängen« är ute efter »Chefen«. Han berättar sedan om mötet med Harry och Joelsson och vad man kommit fram till.

– Jag tror inte det går, för han har inte förtroende för någon polis och speciellt inte i Uppsala, säger Gunnar eftertänksamt.

– Men kan du föreslå någon annan polis som skulle vara lämpligare än du? säger Gustaf.

Gunnar funderar ett bra tag innan han svarar.

– Nej, i Uppsala har han nog mest förtroende för mig. Jag har alltid varit schyst mot honom och jag tror att han litar på mig som polis.

– Har du möjlighet att få kontakt med honom?

– Jo, jag har ett gammalt mobilnummer som kan fungera, säger Gunnar.

– Du måste naturligtvis ha en uppbackning om det blir ett möte, för vi tar inte hotbilden över telefon, säger Gustaf.

– Då vill jag ha Catrin.

– Varför då? undrar en lite förvånad Gustaf.

– Hon är fysiskt stark och kvicktänkt. Jag litar helt på henne, säger Gunnar.

Gunnar tar sedan först kontakt med Catrin innan han ringer till »Chefen«. Catrin lyssnar noga på vad Gunnar berättar och säger sedan:

– Det där låter intressant och spännande och det är klart att jag ställer upp.

Gunnar ringer sedan upp »Chefen« på det mobilnummer som han har. Det dröjer inte länge förrän han svarar.

– Hallå, vem är det?

– Jo hej, det är Gunnar vid polisen.

– Och vad vill du då? svarar »Chefen« lite bryskt.

Gunnar berättar att det finns en allvarlig hotbild mot honom, som till en början är tveksam till uppgifterna och vill höra mera.

– Jag vill inte tala mer om det här över telefon utan vi bör nog träffas, säger Gunnar.

– Okej, men inte i Uppsala, svarar »Chefen«.

– Jaha, men föreslå någon annan plats, råder Gunnar som vet att han själv borde ha nämnt en mötesplats.

– Vi träffas vid Gävle Bro, inne på restaurangen klockan två i morgon eftermiddag, svarar han.

– Ja, det blir bra, svarar Gunnar som väl känner till restaurangen, som ligger som en bro över E 4:an i Gävle.

– Och det blir bara du och jag, understryker »Chefen« sist i samtalet.

Efter det dröjer det inte länge förrän Stina knackar på hos Gunnar.

– Vi hörde ditt samtal med »Chefen« och han ringde sedan först till Erik Svensk och därefter till John Risk och berättade alltihop. De bestämde att John Risk skall skjutsa »Chefen« till Gävle och agera livvakt.

Gunnar känner sig nöjd så här långt och söker upp Catrin för att berätta om utvecklingen av ärendet. De bestämmer då att de ska åka upp till Gävle i god tid dagen därpå för att kunna förbereda sig inför mötet.

Redan klockan tio på förmiddagen nästa dag åker Gunnar och Catrin mot Gävle. Catrin känner en viss spänning över vad som kommer att hända. Det är en vacker sommarmorgon och redan stor trafik på E4:an mot Gävle. Catrin, som är uppvuxen i Gävle och alltid har en viss längtan dit, ser som alltid fram emot ett besök där. Hon och Gunnar pratar om upplägget av mötet och Catrins roll på vägen upp mot Gävle, men de hinner även prata om alldagliga saker. Catrin tycker alltmer om Gunnar som person och betraktar honom som en omtänksam och allmänbildad man. Hon kommer på sig själv med att inse att hon har lätt för att umgås med äldre män. Förmodligen är det för att de ofta har en sådan livserfarenhet och i övrigt uppträder på ett korrekt sätt, tänker hon.

När de kommer fram till Gävle Bro är klockan bara lite över elva på förmiddagen, så Catrin föreslår att hon får visa upp lite av sin hemstad Gävle.

De åker först ner till inre hamnen, som ligger alldeles nära centrum. Där har man nu byggt ett fantastiskt bostadsområde, som har döpts till Gävle Strand och som ligger efter Gavleåns utlopp mot havet. Mittemot bostadsområdet låg tidigare Gerda, ett segelfartyg som har byggts av arbetslösa ungdomar efter ursprungsritningar från den riktiga briggen. Det är ett imponerande fartyg som allmänheten fick åka med på en rundtur i Gävlebukten.

Catrin trodde först att det bara var rykten som sade att briggen sålts och flyttats ifrån Gävle, men det var otroligt nog sant.

När de går ut ur bilen kan Catrin känna de karakteristiska dofterna som man bara känner i Gävle. Det är en blandning av kaffearom från Gevalia och lukten från massafabriken Korsnäs, blandad med havsluften. De åker sedan runt och tittar på ett antal platser som Catrin ofta längtar till. De avslutar rundturen vid Gavlerinken Arena där Brynäs spelar sina hemmamatcher. Catrin är och kommer alltid att vara ett Brynäsfan även om hon numera också håller lite på Uppsalalaget Almtuna.

Catrin minns med glädje tillbaka några år i tiden när Brynäs tog sitt tolfte SM-guld. Man hade då besegrat Modo borta med 4–2 i en avgörande match i Örnsköldsvik. Catrin hade då, som många andra Brynäsfans, begivit sig till Gavlerinken för att hälsa »hjältarna« välkommen hem. Det var en underbar kväll/natt och när spelarbussen kom fram till Brynäs hemmaarena möttes de av ett hårdrocksband iklädda Brynäströjor i entrén som spelade äkta källarrock. Det här var verkligen arbetarklass och hon tänkte tillbaka på sin uppväxt i stadsdelen Brynäs. Vilka glädjescener det blev när Guldet åter hade kommit hem till Gävle. Ibland drömmer Catrin tillbaka till den här kvällen och då blir hon så glad och på bra humör.

När Gunnar och Catrin kommer tillbaka till parkeringen vid Gävle Bro är klockan nästan ett. Det är rätt många bilar på parkeringen och en del familjer sitter vid uteplatsen med dess praktiska bord av trä. De kanske inte har råd att gå in i restaurangen eller så tycker de att det är mysigare att göra ett avbrott på resan på det här sättet.

Catrin parkerar nu bilen ganska undanskymd, men ändå så

att hon har kontroll över allt som sker på parkeringen. De bestämmer sig sedan för att båda skall gå upp och titta hur det ser ut inne på restaurangen. I det nedre planet av byggnaden, vid Gävle Bro, ligger en mindre butik för snabbmat och en bensinstation med all tillgänglig service. Går man uppför en ganska lång trappa så kommer man upp till själva restaurangen. Det är en ganska stor restaurang, som har ett bra utbud av olika maträtter för den som både är hungrig och vill ha lite extra. Lokalen är just nu halvbesatt.

Gunnar pekar på ett bord som ligger nästan längst in i restaurangen och säger till Catrin:

– Det där bordet blir bra. Ingen kommer att höra vad vi pratar om och jag sitter med ryggen mot väggen så att jag har kontroll över vad som sker inne i restaurangen.

– Ja, det tycker jag med, säger Catrin samtidigt som hon springer ner till bilen för att hämta något att markera platsen med.

De går sedan tillbaka till bilen och pratar en sista gång igenom allt som skulle kunna hända. De bestämmer att om fem minuter, när klockan är halv två, går Gunnar in och sätter sig vid bordet som de har markerat. Catrin håller kodad telefonkontakt med Gunnar från sin plats på parkeringen.

När klockan är strax före två ser Catrin på en gång att »Chefens« stora lyxiga BMW är på ingång till parkeringen och det är John Risk som kör. De parkerar bilen mitt på parkeringen och John går ut först. Han är iförd en mörk kostym och vit skjorta. Han ser rätt skräckinjagande ut med sina stora solglasögon. John tittar sig omkring runt på parkeringen, men han observerar inte Catrin där hon står med sin bil. Han går

71

tillbaka till bilen och säger något till »Chefen« som sitter i baksätet. John går sedan raka spåret mot restaurangen. Catrin observerar allt det här och meddelar Gunnar att John är på gång till restaurangen.

Gunnar ser när John kommer in i restaurangen. Han tittar sig vaksamt omkring och när han får syn på Gunnar så nickar han och Gunnar nickar tillbaka.

När John kommer tillbaka till »Chefens« bil så säger han några ord innan »Chefen« kliver ur bilen. Han är iklädd en snygg träningsoverall och ser ut som vilken Svensson som helst. Catrin meddelar nu Gunnar att »Chefen« är på gång in i restaurangen. När han kommer in i restaurangen tittar han sig först omkring innan han går raka spåret fram till Gunnars bord.

– Hej, det var ett tag sedan, säger »Chefen« medan han sätter sig mitt emot Gunnar.

– Jo, det var det och hur är det? frågar Gunnar.

– Jo, det är lugnt och jag håller på med min affärsverksamhet på rätt sida om lagen, så mig behöver ni inte bekymra er om längre, svarar han.

– Men nu har vi fått in några tips från olika personer som säger att det finns folk som vill ha bort dig, upplyser Gunnar.

– Och vilka är de personerna och varför vill man ha bort mig? frågar »Chefen«.

– Vi vet inte helt säkert vilka personer det är, men det skall handla om konkurrens om marknader i Uppsalas undre värld.

Gunnar märker att »Chefen« ser betydligt mer skakad ut när han nu får höra det här från Gunnar och han säger:

– Du Gunnar, ni vet väl att jag har fru och tre barn att tänka på också. Det känns därför inte bra med en sådan där hotbild.

Innan Gunnar svarar ser han hur »Chefen« tar fram tre blanka stålkulor ur fickan och börjar rulla dem mellan handflatorna. Det där gör han väl för att han är stressad och för att jag skall tappa koncentrationen, tänker Gunnar.

– Ja, det är klart att vi känner till det och vi är naturligtvis beredda att ge dig skydd som alla andra medborgare.

Gunnar och »Chefen« har sedan ett ganska långt samtal om hur man skall gå till väga och framför allt om hur kontakten mellan »Chefen« och polisen skall vara. Man kommer då fram till att Gunnar kommer att ha kontakten med honom. Men Gunnar förstår också att han själv kommer att försöka lösa det här problemet på sitt eget sätt.

»Chefen« lämnar Gunnars bord och skakar hand med honom innan han går iväg ut ur restaurangen. Det dröjer inte länge förrän Catrin ringer:

– De har nu lämnat parkeringen med »Chefens« BMW.

När Gunnar kommer tillbaka till Catrins bil berättar han allt som har sagts.

– Det där tycker jag du gjorde bra, säger Catrin innan de svänger ut ifrån parkeringen och kör mot Uppsala.

– Men jag tycker att det är konstigt att när vi satt där och pratade så var han som vilken normal trebarnsfar som helst och mycket omtänksam mot sin familj.

– Han kan tydligen ikläda sig olika roller, dels som den omtänksamma familjefadern, men även rollen som den hårdföre ligaledaren, funderar Catrin högt.

Catrin och Gunnar diskuterar sedan Sundsfallet under resan till Uppsala, som då får restiden att gå väldigt fort.

Gustaf sitter på sitt rum och är nöjd med vad Gunnar och Catrin har åstadkommit i Gävle, men han känner ändå en viss oro för fortsättningen. Just när han sitter i sådana tankar knackar Rune från telefonavlyssningen på dörren.

– Hej Gustaf, vi fick just in ett intressant samtal från »gängen«, säger Rune.

– Kom in och sätt dig, och låt höra.

– Jo, man har fått tag i en torped i Göteborg som kallas Korpen och han kommer till Uppsala redan i morgon. Han åker med X2000 och är framme i Uppsala vid tvåtiden på eftermiddagen. Han skall sedan träffa några från »gängen« på hotell Tranan, som ligger alldeles intill Järnvägsstationen. Vad jag förstår så skall Korpen där få den sista informationen om »Chefen« och en delbetalning. Det handlar om stora pengar.

– Det där är intressant och nu är det högsta prioritet på linjerna från »gängen«, säger Gustaf.

Så fort Rune har lämnat Gustafs rum slår Gustaf numret till sin vän L-G, som numera är chef på spaningsroteln i Göteborg.

– Hej L-G, det är Gustaf i Uppsala. Jag har ett litet problem och tänkte att jag skulle få din hjälp.

– Hej Gustaf, det var ett tag sedan, men du vet, man har fullt upp hela tiden numera, svarar L-G.

– Jo, jag vet och jag skall fatta mig kort. Känner du till någon som kallas Korpen?

– Oj, mycket väl, svarar L-G. Han är en grovt kriminell man som håller på med allt från våldsbrott till narkotika och han heter egentligen Oskar Jansson men kallas alltid för Korpen. Det finns rykten som säger att han har varit i franska främlingslegionen och att han därför brukar användas som torped.

– Det där stämmer precis med den person som jag söker, säger Gustaf och berättar sedan hela historien om hotbilden mot »Chefen« för L-G.

– Jag är inte helt säker, men det är möjligt att Jansson kallas för Korpen på grund av sitt utseende, men som du vet har fågeln korpen rykte om sig att vara intelligent. Den brukar också kallas »djävulens fågel« av någon anledning, funderar L-G.

Gustaf och L-G diskuterar ett upplägg om hur man skall kunna undvika en avrättning av »Chefen«. De kommer fram till att L-G: s spanare skall gripa Korpen för narkotikapåverkan på centralen i Göteborg, innan han stiger på tåget mot Uppsala. På det sättet skulle man undvika att han kopplas ihop direkt med Uppsala.

– Hur ser han ut då, Korpen? frågar Gustaf.

– Han är i 30-årsåldern, lång och kraftig, med kort, kolsvart hår, mörka (svarta) ögon och krokig näsa. Han brukar nästan jämt gå omkring i vanliga jeans och en röd skjorta med något konstigt emblem på bröstet. Alla mina spanare känner väl till honom, svarar L-G.

– Bra, då fortsätter vi att hålla tät kontakt, avrundar Gustaf samtalet.

För säkerhets skull tar Gustaf kontakt med Bent och informerar honom om hela ärendet. Bent tycker att det låter intressant och att upplägget är bra, men han skall ändå ha fyra spanare i beredskap under morgondagen.

Nästa morgon ringer L-G och talar om att man har kontroll på Korpen och att han nu är på väg till järnvägsstationen och han har en liten svart axelremsväska med sig. Det enda som oroar är att det verkar vara massor av folk vid järnvägsstationen den här morgonen. L-G har också fått information att Korpen har sina vanliga kläder, dvs. de blå jeansen och den röda skjortan. Efter en kort stund ringer L-G igen.

– Hej Gustaf, det sprack, säger en ovanligt upphetsad L-G.

– Hur då? undrar Gustaf.

– På något sätt gjorde Korpen någon kontroll för att se att han inte var skuggad och mina spanare missade honom, men de tror inte att de är upptäckta.

– Och var är han nu? frågar Gustaf.

– Han sitter på tåget mot Uppsala och två av mina spanare är med ombord.

Gustaf och L-G diskuterar nu de nya förutsättningarna och kommer fram till att Uppsalas spanare får gripa honom när han kliver av tåget i Uppsala. Göteborgspoliserna skall hålla sig i bakgrunden. Det blir samma upplägg med misstänkt narkotikapåverkan.

Gustaf kallar genast på Bent och berättar om de nya förutsättningarna.

– Det här blir inga problem, jag kommer själv att finnas på plats och jag tar en spanpatrull från de mina, sedan lånar jag en patrull från gatulangningen. Då kommer det inte att verka något misstänkt med en sådan här kontroll av Korpen.

Gustaf litar alltid på Bent och känner sig ganska lugn sedan han har lämnat Gustafs rum.

Bent tar kontakt med de utvalda poliserna och går igenom upplägget noggrant innan alla fem åker ner till järnvägsstationen. Tåget skall precis lämna Stockholms Central och »Korpen« är med, enligt Göteborgspolisen.

Bent och spanarna placerar sig strategiskt på perrongen för Stockholmstågets ankomst. Det är en varm sommardag och massor av folk i rörelse. Alla människor är lättklädda och glada åt den återkommande solen efter en längre tids regnande. Bent är medveten om att det här gripandet måste fungera till hundra procent, annars kan det sluta illa med allt folk som befinner sig här. Han lägger också märke till att det är ovanligt många barnfamiljer på perrongen.

Bent ser att tåget är på ingång. Det är ett sådant där modernt tåg med många vagnar, men de vet att Korpen sitter i tredje vagnen efter loket, enligt Göteborgspolisen. Tåget saktar ner och kör sakta in på järnvägsstationen. Det stannar ovanligt långt bort så spanarna kommer lite i otakt, men de är framme vid rätt vagn när tåget stannar helt. Dörrarna öppnas och ut kommer först några glada ungdomar och sedan barnfamiljer. Det är nu helt tjockt med folk på perrongen, men ingen Korpen. Då dyker han upp i vagnsöppningen och han kikar lite spänt och försiktigt omkring sig innan han kliver ner på perrongen. De båda patrullerna närmar sig honom direkt. Gatulangningspatrullen går rakt framifrån och spanpatrullen bakifrån. Göteborgspolisen och Bent befinner sig några meter bort. Korpen reagerar direkt när han upptäcker poliserna framför honom och vänder sig om för att försvinna åt andra hållet, men då är redan den andra patrullen där, så han kommer ingenstans. Korpen kan bara inse att det är kört och säger lite uppgivet:

– Och vad vill ni då, samtidigt som en polis visar sin polislegitimation.

– Du har visat tecken på misstänkt narkotikapåverkan och vi vill kontrollera det, svarar en av poliserna.

De tar honom åt sidan och gör en visitation och man hittar en revolver. Det är en laddad Smith & Wesson med ljuddämpare som ligger i Korpens lilla svarta väska. Man hittar även några bitar hasch i hans bröstficka. Korpen grips och förs till polisstationen.

Gustaf är nöjd med resultatet och berömmer alla som varit inblandade och uppmanar samtidigt Gunnar att kontakta »Chefen«.

Gunnar ringer upp »Chefen« och säger att han vill träffa honom vid ett av besöksrummen på polisstationen.

– Men på polisstationen. Det går väl inte, svarar han.

– Det är det säkraste stället att träffas på, för alla människor har väl någon gång anledning att besöka en polisstation.

Det dröjer sedan inte länge förrän »Chefen« dyker upp på polisstationen, iförd samma snygga träningsoverall som han hade vid Gävle Bro och han verkar något stressad. Gunnar tar med honom till ett av besöksrummen på det nedre planet. Han berättar i väl valda ordalag att faran med den aktuella hotbilden är undanröjd. Gunnar kan se att »Chefen« genast vid samtalet tar fram sina tre stålkulor och rullar dem i sin högra näve.

– Men jag kan inte garantera hur det blir i framtiden med det liv du lever, påtalar en något bekymrad Gunnar.

– Du Gunnar, det där förstår jag inte riktigt, svarar han.

Gunnar som alltid har varit intresserad av den amerikanska Vilda Västern kan inte låta bli att tänka på revolvermannen och legenden Billy the Kid när han nu ser »Chefen« framför sig. Billy the Kid blev bara 21 år och det sägs att han tog 21 liv i revolverdueller under den tiden. Men det sägs även om honom att han var helt skoningslös men ändå charmerande och ädel. Gunnar måste också tillstå att »Chefen« inte har sådana våldstendenser utan andra mindre bra drag.

»Chefen« och Gunnar skiljs åt med ett vänligt handslag innan »Chefen« går ut bakvägen från besöksrummet.

Gustaf sitter återigen på sitt tjänsterum och tittar mot Uppsala domkyrka. Han kan då se Fyrisån sakta flyta fram i det soliga försommarvädret. Han tycker om att se de sommarklädda och glada människorna när de passerar över Fyrisån på Eddaspången. »Tänk, att det är mer än trettio år sedan som jag blev knivhuggen i bröstet när jag skulle gripa en tjuv på just Eddaspången.« Då var man drygt tjugo år och nästan helt ny som polis. Det fanns inte många moln på himlen vid den tiden och att bli knivhuggen i tjänsten var inget som kunde ändra på det. Visserligen fick han en ganska lång sjukdomsperiod och ett stort ärr som ett minne av den händelsen och det var nära att polislivet hade tagit slut där.

Det har hänt en del under den här tiden, tänker Gustaf som börjar bli lite melankolisk, som han brukar bli ibland.

Men det är en *annan och ny tid* nu mot den som var när han en gång började som polis. Vi har en helt ny teknik med massor av nya hjälpmedel. Det är tuffare att vara chef, man flyttar på folk lättare i dag än förut. Han skulle inte vilja vara tränare för ett idrottslag. Det sociala skyddsnätet verkar glesare i dag. Man måste vara uppkopplad hela tiden för att kunna hänga med, vilket ofta kan medföra negativ stress. Vi har nu andra problem som det här med Krogligan, de andra gängen, mc-brottslighet och en hårdare vardagsbrottslighet. Och det där med Maria

Sund, vad är det för någonting egentligen, funderar Gustaf och nyper sig i näsan.

Gustaf tror att han är ganska omtyckt i polishuset även om han ibland har ett för stort ego.

Ibland kan han längta mycket efter Mia, även om han också blir trött på hennes tjat över småsaker, som han tycker. Mia är perfektionist och det har hon naturligtvis stor nytta av i sitt arbete som kirurg. Gustaf är egentligen hennes motsats och lite mer bohemisk. Han tycker att man inte skall hänga upp sig på småsaker. Förutom att Mia är en omtyckt läkare så är hon även bra i hemmet på många sätt. Konstigt nog så älskar hon att baka och det kanske är hennes känsla för hantverk som går igen även där.

Ibland när hon pratar om unga läkare som är hennes arbetskamrater kan Gustaf känna lite oro. Han är trots allt några år äldre än Mia och manligheten tilltar inte precis med åldern. Gustaf och Mia är båda intresserade av allt som händer i naturen och de brukar ofta åka ut i sin gröna, nyinköpta Mazda och göra små expeditioner. Gustaf ser nu verkligen fram mot kvällen för då skall han och Mia gå och se teaterpjäsen om dåden i Knutby. Gustaf känner sig lite tveksam när det gäller att se den pjäsen, men hans nyfikenhet tar överhand och det skall bli gott med en bit mat efteråt. En sak oroar dock Gustaf och det är att han allt oftare tänker på Sundärendet och Catrin, han vet inte riktigt varför. Är det för hennes egenskaper som polis och den nyfikenhet som hon verkar ha på livet. Gustaf tänker tillbaka på sitt eget liv och funderar över om han håller på att bli lite »gubbsjuk«. Gustaf brukar inte prata så mycket om sina medarbetare hemma med Mia, men han kunde inte låta bli att nämna Catrin vid ett tillfälle. Han hade sett att Mia ryggade till lite när han började prata om en ung kvinnlig polis.

Gustaf tänker också på sin närmaste chef Harry Enbacke. Han har blivit så förändrad. Han verkar gladare och öppnare nu än han har varit förut. Vad är det som har hänt? Gustaf reflekterar över att Harry verkar så trygg och harmonisk medan han själv börjar känna sig alltmer splittrad i sin livssituation.

Gustafs funderingar avbryts av att telefonen ringer och Gustaf svarar efter några signaler.

– Jo hej, det här är Ruben Modig, som sitter i Stadshuset. Känner du till mig?

– Ja, jag har läst om dig i tidningen någon gång, svarar Gustaf.

– Jag skulle gärna vilja träffa dig och jag tror att det är viktigt, säger Modig.

– Vi kan väl träffas i polishuset i morgon.

– Nej, det går inte, det måste vara på en hemlig plats, svarar Modig.

– Jag förstår. Då träffas vi vid Café Klippan som ligger strax norr om Universitetet ner mot–Börjeparken.

– Bra, jag vet, men är det säkert där?

– Ja, där finns det bara studenter som har sina egna intressen. Vi ses där klockan två i morgon eftermiddag, säger Gustaf.

– Det blir bra, avslutar Modig.

Det var ett märkligt samtal, vad kan han vilja, funderar Gustaf och skyndar över till Enbacke. Han berättar om samtalet för Enbacke, som genast blir intresserad och föreslår att de skall gå tillsammans till mötet.

Gustaf och Harry bestämmer sig för att ta en promenad i det vackra vädret och det är verkligen en rogivande promenad fram till Café Klippan från Polishuset. De går över Fyrisån vid Eddaspången och kan se alla ungdomar som njuter av sommaren i det nya årummet. Här har man byggt nya bryggor längs hela ån inom stadskärnan och det blev verkligen bra och är uppskattat av alla. De kommer sedan fram till de gamla studentkvarteren och där på en bakgata nere i en källare ligger Café Klippan. Både Gustaf och Harry är lätt sommarklädda med kortärmad skjorta och ljusa byxor. När de kommer fram till Café Klippan ser de en korpulent man i 40–årsåldern, iklädd en ljusblå sommarkostym stå utanför ingången. Han verkar något felplacerad, men båda känner igen honom som Ruben Modig och hälsar artigt.

De går ner till Café Klippan, som består av små rum inne i olika valv. Allt är gammalt och fint. Man kan se en del studenter som sitter och skriver och läser, helt upptagna av sin egen verksamhet. Gustaf hittar det bord som han brukar använda vid sådana här tillfällen och det ligger längst inne i valvet. Alla känner lukten av äkta hemkokt kaffe från den stora kaffepannan och det är väl ett av få ställen i Uppsala där man kan få nykokt kaffe.

De beställer in varsin kaffe och bulle. Efter att ha pratat rent allmänt om tillståndet i staden börjar Modig berätta om sitt ärende.

– Jag vet inte om ni känner till att det är min bror, Sören Modig, som är ägare till restaurang Greven? frågar Modig.

Nej, det vet varken Gustaf eller Harry, men båda vet att restaurang Greven är en av Uppsalas största restauranger.

Ruben Modig berättar sedan att han är bekymrad, för han tror att en person som arbetar i garderoben kan tillhöra Krogligan. Han säger att han nu också har märkt att de har börjat styra över det mesta inne på restaurangen. Hans bror verkar helt handlingsförlamad och vågar inte protestera. Han misstänker också att brodern har börjat använda kokain, som han tror kan finnas på restaurangen. Han tror nu att Krogligan tänker köpa hela restaurangen av hans bror för en billig penning.

– Varför går inte din bror till polisen och berättar det här? frågar Gustaf.

– Han törs inte för han har familj, brukar han säga.

– Men jag är beredd att samarbeta med er för att få ett stopp på det här, säger Ruben Modig.

Man bestämmer sedan att Ruben och Gustaf skall hålla kontakt om vad som händer på restaurang Greven.

– Jag har ett villkor för det fortsatta samarbetet och det är att det här mötet officiellt inte har ägt rum, säger Ruben Modig och ser svettig ut trots att inte värmen är påfallande.

Promenaden tillbaka till polishuset var inte lika rofylld för Gustaf och Harry. Båda kände sig illa berörda av samtalet med Ruben Modig.

– Vad är det som håller på att hända här i staden, funderar Harry högt.

– Nu gäller det att vi står upp, svarar Gustaf precis när de går in i polishuset.

Maria Sund går ut för att hämta posten i brevlådan strax efter klockan tolv, innan hon tänker åka till sitt kontor på Seminariegatan.

Det är som vanligt i brevlådan, det vill säga ganska många brev blandat med en del reklam. Hon går in och lägger posten på köksbordet, som hon brukar göra. Hon är den här dagen ensam i huset för barnen är i skolan och Ewa har gått på stan för att shoppa lite. Per skulle vara på något affärsmöte i Stockholm.

Hon sorterar först bort reklamen och sedan ser hon att det är de gamla vanliga räkningarna, men så upptäcker hon ett kuvert som avviker. Det är ett vitt kuvert i C5-format och det är adresserat till Maria. Hon lägger märke till texten på kuvertet, som ser ut att kunna vara någon datautskrift.

Maria öppnar kuvertet försiktigt och ser att där inne ligger ett brev som också verkar vara utskrivet från en dator. Maria läser igenom brevet och skriker rakt ut:

– Det kan inte vara sant!

Hon sätter sig ner på närmaste stol och känner sig alldeles matt. Den första hon sedan tänker på är sin man Per och drar till sig telefonen och slår hans nummer. Han svarar inte genast, men hon vet att han snart kommer att ringa upp, för han vet att när Maria ringer så här, då är det viktigt.

Efter ca fem minuter ringer Per.

– Har det hänt någonting? frågar han.

– Ja, jag har fått ett utpressarbrev, svarar Maria.

– Vad då utpressning? undrar Per.

– Ja, det är den där händelsen för någon vecka sedan vid mitt kontor.

– Jag förstår, men gör ingenting. Jag kommer hem genast!

– Skall jag inte ringa till polisen då?

– Nej, prata inte med någon om det här förrän jag har kommit hem, bestämmer han.

Maria går och lägger undan kuvertet och brevet i bokhyllan. Hon fortsätter in i sovrummet för att vila, för hon känner en konstig otäck oro över hela kroppen. Hon hade nästan börjat glömma bort den otäcka händelsen nere vid sitt kontor. Hon tänker också att Catrin och Gunnar borde få kännedom om det här så fort som möjligt. Efter en dryg halvtimme hör hon att Per parkerar bilen på gården.

– Var är brevet, säger Per andfådd så fort han har öppnat dörren.

– Det ligger i bokhyllan men var försiktig så att du inte förstör något, uppmanar Maria.

Per läser snabbt igenom brevet och när han vänder sig till Maria är han skakig.

– Det står att vi inte skall blanda in polisen i det här, men det måste vi, säger Per.

Han går och slår numret till Gustaf Aspner.

– Hej Gustaf, vi har fått ett hotbrev, säger han till Gustaf och redogör i all hast innehållet i brevet och Gustaf förstår genast allvaret.

– Låt brevet ligga och rör det inte i onödan så kommer vi genast och hämtar det.

– Men ni kan väl inte skicka vem som helst att göra det? Jag vill inte ha någon onödig publicitet om det här, säger Per.

– Nej, vi kommer att behandla det här med sekretess och det blir Catrin och Gunnar som kommer.

Gustaf ringer efter Catrin och Gunnar, som genast kommer upp på hans rum. Han berättar lite snabbt om vad som har hänt.

– Ni säkrar brevet och tar det direkt till tekniska och läser det först där.

– Vi ringer till dig när vi är på tekniska, säger Catrin.

– Håll ett kort förhör med Maria om hämtningen av brevet och säg att de ska ha sekretess på den här händelsen tills vidare.

Catrin och Gunnar nickar och är på väg ut ur Gustafs rum.

– Fråga ifall de behöver något brottsofferstöd, ropar Gustaf efter dem.

Catrin och Gunnar kör rekordsnabbt till villan i Kåbo och de säger inte så mycket under resan dit. Båda två förstår utan att säga något vad det gäller.

Innan de åkte var Catrin snabbt ner på tekniska roteln som finns på fjärde våningen för att hämta plasthandskar och en plastpåse.

Det är Maria som öppnar dörren och hon ser verkligen ledsen och rädd ut. Per verkar mer oberörd, även om han inte har samma självsäkra attityd som vanligt.

– Var finns brevet? frågar Catrin.

– Där, i bokhyllan, pekar Maria.

Gunnar sätter på sig plasthandskarna och tar brevet och kuvertet försiktigt ifrån bokhyllan och stoppar ner det i plastpåsen utan att läsa det. Catrin håller ett kort förhör med Maria om själva händelsen. Catrin märker att Maria trots det som har hänt är förvånansvärt lugn och hon får intrycket av att hon är en känslig men ändå en stark kvinna.

– Gör ingenting och prata inte med någon om det här och avvakta vidare instruktioner från oss. Ingen utomstående skall

93

veta att vi är inblandade, säger Catrin. Vi skall också ordna med era telefoner, fortsätter Catrin.

Catrin och Gunnar åker sedan raka spåret till polishuset.

– Det här kommer att bli knepigt, säger Gunnar, som annars i egenskap av duktig schack- och bridgespelare brukar ha lösningar på det mesta.

– Ja, det här måste få högsta prioritet, svarar Catrin samtidigt som garageporten till polishuset öppnas.

Catrin och Gunnar tar hissen upp till plan fyra, som tekniska roteln disponerar. De ringer på dörren för att bli insläppta. Det är chefen själv, Kurre Skott, som öppnar. Han hade redan via Gustaf blivit varskodd om vad som väntade. Alla tre går in i ett särskilt undersökningsrum där Gustaf redan är på plats. I rummet befinner sig också den civila och högskoleutbildade teknikern Rita. Det är hon som nu tar hand om plastpåsen med kuvert och brev. Hon tar fram brevet på ett professionellt sätt och läser upp det som står där:

Maria minns du slaget i ansiktet som du fick vid Din Firma. Vi vill nu att Ni förbereder Er på att betala ut fem miljoner kronor till oss annars kommer vi tillbaka och den här gången kommer vi att slå hårdare.

Ni/Medical Future har en skuld till oss eftersom vårt barn har men av Era tabletter.

Vi återkommer med direktiv.
Ps. Blanda inte in polisen i det här ärendet för Er egen skull.

Gustaf känner sig bekymrad när han hör vad som står i brevet. Kurre lovar att de skall göra alla undersökningar som är möjligt på brevet och kuvertet och naturligtvis har ärendet högsta prioritet. Brevet kommer också på ett säkert sätt att skickas till Statens Kriminaltekniska Laboratorium i Linköping, som oftast förkortas SKL och är en nationell avdelning inom Polismyndigheten.

Gustaf sätter sig och funderar på sitt rum, men inser snart att de som arbetar med ärendet måste träffas omgående. En halvtimme senare sitter Gustaf, Harry Enbacke, Catrin, Gunnar och Bent i ett av polishusets mindre konferensrum.

Gustaf går igenom vad som har hänt i ärendet och utredningsläget.

– Vi har egentligen inte så mycket bevis, och det enda som vi har är bilen som är okänd, signalementet som förmodligen är maskerat och kuvertet med brevet. Kurre Skott har meddelat att inga spår av fingeravtryck kunde säkras på kuvert eller brev. Han sa att brevet var poststämplat i Stockholm. Man kommer nu att skicka brevet till SKL för vidare analys. Det man främst kommer att titta efter är dna-spår, men man kommer även att titta på texten och språket.

– Vi har alltså ingen misstanke mot någon i det här läget. Jag vill därför att alla härinne tänker fritt och högt ett tag, uppmanar Gustaf.

– Själv har jag naturligtvis tänkt på Krogligan, men det finns saker som både talar för och emot dem.

– Utveckla det mera, säger Enbacke.

– Krogligan har nyss gjort en lyckad affär på ca 10 miljoner kronor och de verkar också vara upptagna av andra affärer, som till exempel narkotikaärendet med Polen. Vi har ju också en viss kontroll på dem eftersom vi fortfarande har telefonavlyssning, och där har inte hörts något. Jag har själv kollat det med Stina, avslutar Gustaf och nämner då inget om sitt eget och Harrys besök på Café Klippan.

– Och vad är det som talar för dem? undrar Harry.

– Vi vet att de har kontakter på Medical Future och de känner säkert till det mesta om familjen Sund. Jag har också hört ett rykte om att John Risk skall ha ett litet barn som skall ha någon form av ett medfött handikapp.

– Jag kan låta min informatör Anna forska vidare i det utan att jag avslöjar något om ärendet, fyller Gunnar på med.

– Det låter bra, tycker Gustaf.

– Det är full fart på gängen, säger Bent som arbetar mot dem dagligen med sina spanare.

– På vilket sätt? undrar Enbacke.

– De har tillgång till vapen som de främst använder mot varandra, men de håller även på och planerar annan brottslighet som exempelvis det grova rånet.

– Skulle de kanske också kunna hålla på med den här typen av brottslighet? funderar Catrin.

– Jag vet inte, men det är väl inte helt omöjligt. På något sätt så känns det för avancerat för dem, svarar Bent.

– Har vi någon möjlighet att få mer information om de kan vara aktuella i det här ärendet? frågar Gustaf.

– Ja, vi har lyckats få in en del informatörer i båda grupperingarna och dem kan vi använda utan att avslöja något, svarar Bent.

– Och så har vi det där mc-gänget Järven, säger Harry Enbacke.

– Ja, det florerar en massa rykten kring dem om olika brott, men vi har inte kunnat påvisa något, säger Gunnar.

– Frågan är om det är bara rykten och att det här är ett gäng grabbar som bara vill åka motorcykel och se tuffa ut, funderar Harry.

– Nej, jag tror nog att det är något mer, säger Catrin.

– Och hur får vi reda på det? undrar Gustaf.

– Jag har en kvinnlig bekant som känner till någon i det där gänget.

– Bra, men hon måste vara försiktig, påminner Gustaf.

– Men vi får inte glömma att det kan vara något helt annat som vi inte har några kunskaper alls om, tillför Gustaf diskussionen om tänkbara gärningsmän.

– Jo, det är en sak som jag har tänkt lite på, säger Gunnar plötsligt.

– Vad då? undrar Gustaf.

– Jo, den där polska barnflickan. Vet vi någonting om hennes bakgrund?

– Nej, det har inte funnits anledning att fundera över något, men ni kan väl kontrollera med ambassaden och sambandsmannen i Warszawa, svarar Gustaf.

De är sedan överens om att man hela tiden måste ha en höjd beredskap inför nästa steg som utpressarna kommer att ta. Catrin och Gunnar håller hela tiden kontakt med Maria Sund och Gustaf fortsätter att hålla kontakt med Per Sund. Utredningen skall hållas inom en så snäv krets som möjligt för att undvika läckage, men Gustaf skall ändå informera chefsåklagaren Åke Joelsson. Harry Enbacke tänker underrätta länspolismästaren Linda Rosmyr om vad som har hänt och hur man tänker arbeta vidare. Bent får i uppdrag att informera en del spanare och titta lite extra på villan i Kåbo, kontoret på Seminariegatan och kring Medical Future. Gustaf måste också höra med Per Sund vilka möjligheter han har att få fram fem miljoner kronor.

Gustaf kallar Per Sund till ett möte i polishuset dagen efter. Per muttrar först någonting om de inte kunde ta det per telefon istället, eftersom han var så upptagen, men de bestämmer att han kan komma tidigt på förmiddagen till Gustaf.

De pratar först igenom vad som har hänt i ärendet och vad Gustaf tror kommer att hända. Gustaf berättar vad som kan vara relevant för Per att känna till. Gustaf tar också upp det här med brottsofferstöd och Per avböjer, men inte lika självsäkert den här gången. Gustaf går sedan rakt på sak.

– Kan du få fram fem miljoner i kontanter?

– Ja, det går nog på ett par dagar, svarar Per.

– Det är nog lika bra att du försöker ordna det, fortsätter Gustaf.

– Jag har funderat på det som stod i brevet om ett barn som var handikappat. Känner du till något om det och kan det vara sant?

– Både och, svarar Per.

Han berättar sedan att innan man hade tagit fram succémedicinen Bromssyn hade man en annan medicin, som påminde om Bromssyn. Men man kom fram till att det fanns vissa biverkningar av den medicinen och därför vidareutvecklade man den till Bromssyn. Man har aldrig fått bekräftat att dessa biverkningar har lett fram till handikapp.

– Kan det vara så att något barn har fått ett handikapp på grund av att mamman har ätit den medicin som ni hade innan Bromssyn?

– Jag kan inte svara säkert på det och jag tror att det blir svårt att få fram eftersom det är sekretess kring sjukvårdsjournalerna.

Gustaf har inga fler frågor och de skiljs åt med förmaningar från Gustaf till Per att han måste vara uppmärksam på allting i den rådande situationen.

Precis innan Gustaf går hem kommer Catrin inrusande och ser lätt skärrad ut.

– Maria har fått ett nytt brev.

– Vad har du sagt till henne?

– Att vara försiktig med brevet och inte öppna det, så kommer vi och hämtar det. Gunnar har åkt iväg.

– Bra, då avvaktar vi här.

De väntar på tekniska roteln på att Gunnar skall komma med brevet. Gunnar kommer snabbare än man hade trott.

– Jag körde så fort det gick, men jag pratade lite med Maria innan jag åkte tillbaka. Jag sa att vi skulle underrätta dem om innehållet i brevet så fort vi kan.

Rita tar genast hand om plastpåsen med brevet och plockar försiktigt fram det och sprättar upp kuvertet. Hon läser sedan upp brevet:

Om Ni accepterar vårt rättmätiga bud så skall Ni sätta ut en annons i Upsala Nya Tidning. Med följande text:

En brun/grå skogskatt 3 månader säljs för 1000 kronor. Tel.

Använd ett nytt telefonnummer som bara vi och kattköpare kan nå Dig på.

Vi återkommer. Blanda inte in polisen. Kodordet är Lars Larsson.

Vår Rättvisa

– Det här är inga nybörjare. De har satt ett sådant pris att inga kattköpare kommer att ringa på annonsen, men de kommer att använda sig av numret för att nå Maria. Hon får en ny telefon med kontantkort av oss, säger Gustaf.

– Skall vi underrätta Sunds om innehållet i brevet? frågar Catrin.

– Ja, du och Gunnar gör det. Sedan träffas vi på mitt rum.

Gustaf lämnar tekniska och går upp på rummet för att ringa efter Harry Enbacke, men precis när han kommer in på rummet ringer telefonen.

– Hej, det är Lisa från Seminariegatan, som jobbar på kontoret bredvid Maria Sund. Jag tror att jag har kommit på någonting.

– Vad intressant och vad är det?

– Jo, den där grå bilen som åkte och spanade här veckan innan Maria blev misshandlad är samma bil som kommissarien i den danska serien Örnen hade.

– Är du säker, frågar Gustaf.

– Ja, jag är helt säker eftersom jag följde den serien och det var exakt en sådan bil som var här.

– Tack för hjälpen, avslutar en något fundersam Gustaf.

– Vad fan är det för serie, tänker han högt eftersom han själv nästan har slutat att titta på deckare.

– Jag ringer till grabben, om han nu inte håller på och repar någonstans med sitt nya band. Han brukar titta på de här serierna.
– Hej Thomas, det är Gustaf.

– Hej pappa, har du problem?

– Ja, det kan man väl säga. Vet du vilken bil kommissarien i den danska serien Örnen brukar ha.

– Ja det är väl klart. Han hade en grå Nissan Primera.

– Är du säker?

– Självklart, tror du att jag är något pucko? Men den bilen är ganska gammal i dag.

– Tack för hjälpen, Thomas, svarar en nöjd Gustaf.

Alla i den inre utredningsgruppen befinner sig nu inne på Gustafs rum. Catrin och Gunnar har varit i kontakt med Sunds, som är skärrade men ändå samlade.

Gustaf redogör för samtalen med Lisa och Thomas, vilket alla tycker är intressant. Gunnar berättar att han har fått svar angående barnflickan Ewa. Hon kommer från en ganska stor stad på gränsen mot Vitryssland som heter Bialystowick. Det är inget konstigt kring henne utan hon kommer från en vanlig arbetarfamilj och anmälde sig till någon förmedling för utlandsarbete.

Gustaf har redan fått svar på att man inte hittat några fingeravtryck på det sista brevet, som också var poststämplat i Stockholm. Man har gett Maria Sund en ny telefon med nummer 0706121161, alltså samma nummer som man har tänkt använda i annonsen.

– Som jag ser det har vi två möjligheter att gå vidare, och det första är att flytta hela familjen till en hemlig adress, men då avslöjar vi också att polisen är inblandad, säger Gustaf.

– Men då löser vi egentligen inte problemet och jag tror att de här personerna förr eller senare kan få kontakt med Sunds igen, och de har visat att de inte är främmande för att använda våld, säger Harry Enbacke.

– Jag tror inte Per Sund är beredd att flytta, säger Catrin.

– Det andra alternativet är att vi spelar med i det här spelet med utpressarna ett tag till, säger Gustaf.

– Ja, men vi måste vara extra försiktiga och tänka på familjens säkerhet i första hand, poängterar Harry Enbacke.

– Men målet måste väl också vara att avslöja och gripa utpressarna? undrar Gunnar.

– Självklart, du och Catrin får höra med Sunds om de accepterar de här tankegångarna. Sedan tar jag kontakt med Kuten så att de får ta fram listor på alla Nissan Primera i den här regionen. Vi får först inrikta oss på hyrbilar och eventuellt stulna bilar i första hand, säger Gustaf.

– Bra, jag informerar länspolismästaren och Joelsson, säger Harry Enbacke.

Gustaf vet att Kriminalunderrättelsetjänsten alltmer börjar bli hjärtat i hela polisverksamheten och deras redovisade analyser blir allt bättre. Deras verksamhet bygger egentligen på tre olika steg. Det första steget är att kunna samla in all information om brottsligheten, alltifrån olika register till kända och okända källor. Andra steget är att kunna analysera informationen och till det har man fått allt bättre utbildad personal och verktyg. Det sista steget är att på ett bra och enkelt sätt kunna delge resultatet till operativa enheter som sedan använder resultatet i sitt underrättelsestyrda polisarbete. Kriminalunderrättelsetjänsten kallas i vardagslag för Kuten.

Gustaf skall precis stänga dörren till kontoret och åka hem när telefonen ringer, och han bestämmer sig för att svara.

– Hej, det är Ruben Modig och jag har ändrat mig.

– Ändrat vad? frågar Gustaf.

– Jo, jag vill inte samarbeta med er angående min bror och Krogligan.

– Varför då?

– Det är bara så att jag inte vill ha något med det där att göra.

– Jaha, det var ju synd och jag kan väl inte säga tack för hjälpen. Du har säkert dina skäl, svarar Gustaf i en låg ton.

Gustaf känner sig illa till mods efter samtalet och funderar över vart samhället är på väg. Hur skall vanliga människor våga ställa upp när inte ens folk som arbetar i Stadshuset vågar? Och varför skall de ställa upp? Gustaf kommer då att tänka på vad den italienske författaren Roberto Saviano har skrivit om rädsla. Att rädsla är den största av alla bortförklaringar. Man kan inte ta den som intäkt för att skydda familj och vänner. Men att inte vara rädd behöver inte vara så svårt om man inte kommer att agera ensam. Men i det här fallet räckte det tydligen inte med att samarbeta med polisen.

Gustaf känner sig kluven i sådana här fall eftersom han vet att samhället inte kan garantera fullt skydd alla gånger.

Gustaf plockar ihop lite papper innan han tar cykeln och kör den vanliga vägen till Tobaksaffären på Skolgatan. Han spelar som vanligt något spel på några fotbollsmatcher till samma kväll och så gör han en sak till efter att han har lämnat affären.

När han kommer hem till radhuset är Mia redan hemma och håller på att laga i ordning något gott. Hon är verkligen duktig på matlagning och speciellt fiskrätter.

– Hej, har du haft en bra dag? ropar Gustaf.

– Ja, det har gått bra idag, svarar Mia.

– Jag skall berätta om en överraskning för dig, säger Gustaf och låter hemlighetsfull.

– Och vad kan det vara?

– Jag har köpt en resa.

– Du är inte riktigt klok, fnissar Mia.

Gustaf berättar sedan att han har varit inne på en resebyrå i centrum och köpt en resa för två personer till Barcelona till hösten.

– Och varför har du köpt en resa just då och inte frågat mig först? undrar Mia.

– Jo, jag har också beställt två biljetter till El Classico som äger rum då.

– Och vad är El Classico? undrar Mia.

– Det är en klassisk fotbollsmatch mellan Barcelona och Real Madrid. Den kommer att spelas på Camp Nou, som är Barcelonas hemmaarena. Det kommer att finnas nära hundratusen åskådare på läktaren och två av dem är vi.

– Det där låter mest som en resa för dig.

– Nej, sedan har jag tänkt hyra en bil för en vecka och åka efter Costa Brava-kusten och bland annat skall vi göra ett besök i din favoritby, Cadaqués.

– Ja, då kanske idén inte är så dum trots allt, men jag ser inte fram emot fotbollsmatchen, muttrar Mia.

Efter att diskussionen är avslutad så funderar Mia i sitt stilla sinne om inte Gustaf snart behöver professionell hjälp med sitt spelande och sina fotbollsmatcher.

Gustaf går och lägger sig tidigt, med tanke på vad som väntar på jobbet i morgon, samtidigt som han ler för sig själv när han tänker på att han skall besöka Camp Nou i höst.

Gustaf har precis kommit från morgongenomgången med alla chefer på kriminalavdelningen när telefonen ringer.

– Hej, det är Per Sund och vi har bestämt oss och vill sätta ut annonsen.

– Jag förstår att det var ett svårt beslut?

– Ja, Maria och jag har haft många och långa diskussioner om det som har hänt, men vi har kommit fram till det här beslutet. Och det innebär, som du säkert förstår, Gustaf, att vi litar helt på er.

– Jag lovar att vi inte skall göra er besvikna och kommer att sätta er säkerhet i första hand. Förresten, hur mycket känner er barnflicka Ewa till om det här?

– Vi har berättat för henne i allmänna ordalag att vi är hotade och att hon måste vara extra uppmärksam på allt främmande.

– Har ni berättat att polisen är inblandad och håller på att utreda saken?

– Nej, det har vi inte. Vad tycker du?

– Nej, vänta med att säga det till henne. Inte för att vi misstror henne, men ändå.

– Jag har också fått fram och frigjort fem miljoner kronor som jag kan få ut genast, säger Per.

– Bra, vi fortsätter att hålla kontakten och väntar på nästa steg sedan ni har satt ut annonsen, säger Gustaf.

Gustaf går sedan ner till Harry Enbacke och berättar om samtalet med Per Sund. Harry Enbacke tycker att det är bra att de nu är riktigt med på tåget. Gustaf blir alltmer konfunderad över Enbackes förändrade attityd. Han har blivit så vänlig och social. På något sätt verkar det som han fått någon slags inre ro.

Jag måste nog fråga honom om vad som har hänt egentligen, funderar Gustaf och nyper sig i näsan.

Catrin och Gunnar har varit ute på morgonen tillsammans med Maria och tittat på en Nissan Primera vid Wedins bil. Maria var i det närmaste helt övertygad om att gärningsmannen hade haft en sådan bil. De är nu tillbaka i polishuset och sitter på Catrins rum när någon knackar på.

– Hej stör jag? frågar Göran från Kuten.

– Nej, inte alls, svarar Catrin och Gunnar samtidigt.

– Jag har nu tagit fram listor på alla Nissan Primära i den här regionen av den aktuella modellen och det är ett antal hundra, och jag har tittat lite på materialet, berättar Göran.

– Och är det något som sticker ut? frågar Catrin hoppfullt.

– Ja, dels har vi några hyrbilar som man kanske bör prioritera, men det mest uppseendeväckande är att det fanns två efterlysta Nissan Primera vid tiden för den här händelsen. Den ena hittades två dagar efter händelsen och den hade bara varit efterlyst i tre dagar, så det bör inte vara den bilen som Lisa såg. Den andra bilen tycker jag däremot är intressant. Den var efterlyst tio dagar innan händelsen och den är fortfarande efterlyst, säger Göran, lite nöjd med sig själv.

– Och varifrån är den tillgripen? frågar Gunnar.

– Det är en bilfirma i norra Stockholm som står som anmälare och den har registreringsnumret WAV 522.

– Mycket bra Göran, fortsätt att arbeta med listorna så skall du också få hjälp av några spanare att checka av bilarna efter hand, kommenterar Catrin.

– Nu åker vi till Stockholm, säger Gunnar, som redan är på väg ut ur rummet.

Det dröjer inte länge förrän Catrin och Gunnar är framme vid den aktuella bilfirman i Stockholm. Det är en ganska stor bilfirma med en stor utställningshall och flera kontor. De letar upp ett kontor som det står försäljningschef på. De presenterar sig som poliser för försäljningschefen Mattsson och uppger sitt ärende.

– Då skall ni få prata med aktuell försäljare Sixten Persson som blev blåst, säger Mattsson.

De knackar på hos Persson, som är i 50-årsåldern, och blir presenterade.

– Jo, det där minns jag allt för väl. Det var en välklädd man i kostym som var här och tittade på bilar och ville provköra en begagnad Nissan Primera. Jag bad att få se hans körkort och han hade polskt sådant. Jag skrev av alla uppgifterna på körkortet och lämnade sedan tillbaka det. Sedan fick han nycklarna till bilen och körde iväg och på den vägen är det. Bilen är borta.

– Har du kollat uppgifterna på körkortet? undrar Gunnar.

– Ja, men alla är falska. Jag har de kvar, så ni kan få skriva av dem.

– Ja, gärna, och kan du beskriva hur mannen såg ut? frågar Gunnar.

– Ja, men jag minns inte exakt, för man träffar nya människor hela tiden, men han var välklädd, 30–40 årsåldern, lång, kanske 190, mörkt halvlångt hår och vanliga glasögon. Jag tyckte att han bröt lite, kanske polska.

– Det här var intressant och vi vill att du hör av dig om du kommer ihåg något mer.

Catrin och Gunnar lämnar bilfirman, positiva över bilresan till Stockholm, och Persson tyckte för sin del att det var konstigt att polisen var så intresserad av en stulen bil.

Catrin skyndar sig upp till Gustafs kontor så fort de har kommit till polishuset och berättar om besöket i Stockholm.

– Mycket intressant, säger Gustaf.
– Jag tycker det uppgivna signalementet stämmer en del med vad Maria har uppgivit, säger Catrin.

– Absolut, det här är intressant. Vi måste nu på ett diskret sätt larma ut till all personal i yttre tjänst att vi är intresserade av just den här bilen.

Catrin tittar på Gustaf som om hon tänkte säga något mer men hon lämnar ganska nöjd hans rum. Gustaf börjar tycka mer och mer om Catrin som polis men även som person. Ibland känner han sig nästan som en »fadersfigur« åt henne. Hon klarar de flesta uppgifter självständigt och bra, men ibland hoppas han att hon lyssnar på honom i form av »mentor«. Han är också noga med att inte bli för privat med henne och han är ju mycket lyckligt gift med sin Mia. Han har också märkt att det är något som trycker Catrin, men han kan inte förstå vad.

Gustaf går ner till Harry Enbacke som nu ser en aning bekymrad ut.

– Har det hänt något? undrar Gustaf.

– Ja, det ringde en person som kallar sig för Markus Ström och säger att han tillhör Krogligan och nu vill hoppa av. Han vill sedan börja samarbeta med oss och nu vill han träffa mig och det är viktigt att vi träffas ensamma. Kan det här stämma?

– Ja, Markus Ström finns nära »Chefen« och skall vara en smart person. Han är något slag av ekonomisk rådgivare.

– Han vill att vi skall träffas i morgon klockan åtta vid Akademiska sjukhuset, ingång 50 vid bottenvåningen i det öppna väntrummet för provtagning. Vad tycker du, Gustaf?

– Jag tycker att vi synar hans uppsåt och förbereder oss för det där mötet så att du har full uppbackning.

– Men varför tar han kontakt med just mig?

– Du har en sådan position och jag tror att de har en väldig bra kunskap om oss och känner till vad vi har för arbetsuppgifter. Efter att Gustaf och Harry har pratat om de andra problemen med gängkriminaliteten och annat, söker Gustaf efter Bent. Han har turen att hitta honom i cafeterian och säger åt honom att han vill tala med honom. Det blev en snabbfika för Bent, för han var som en blixt på Gustafs rum. Där Gustaf sedan redogjorde för Bent om Harry Enbackes problem.

– Det här blir intressant. Vi kommer att finnas där och vi kommer att dokumentera allt, säger Bent.

Harry Enbacke har bott i Bärby Hage i nästan hela sitt yrkesverksamma liv. Han har trivts bra där trots att han i stort sett har bott närmaste granne med F–16, det vill säga det militära flyget. Men nu är flyget nedlagt och nu hotar man dem med att det skall bli en stor civil flygplats där istället. Harry blir sällan arg, men när han hör att man vill anlägga en stor civil flygplats fyra kilometer från Stora Torget, mellan flera villaområden, då blir han både upprörd och förbannad. Nu bor han där i samma lilla villa tillsammans med sin fru som han alltid har älskat och har inga planer på att flytta därifrån.

Harry åker inte till polishuset den här morgonen, utan han tar buss 14 som går ända fram till Akademiska sjukhuset. Han vet att han snart skall gå i pension, men känner sig ändå gladare och piggare än på länge. Han tror att det är för att han har kommit underfund med vissa djupa och viktiga saker i sitt liv. Han tycker att det kan bli skönt att få sluta och kanske lämna över till Gustaf. Han är medveten om att han som pensionär måste göra saker som är meningsfulla för honom. Bortsett från det nya som har drabbat honom, så funderar han över om han inte skulle kunna göra något för ensamkommande flyktingbarn.

Men vad är det här för någonting som han är på väg till? Harry tycker att det verkar lite märkligt att man på det här viset har tagit kontakt med honom. Men han

känner sig ändå ganska säker och lugn, trots den för honom ovanliga situationen. En av anledningarna är att han vet att Bent är en intelligent och en handlingens man. Han förstår att Bents grabbar kommer att hålla koll på hela mötet.

Harry stiger av bussen och går direkt till ingången för avdelning 50 vid bottenvåningen. Harry kommer in i väntrummet och kan se att det sitter en hel del människor och väntar på provtagning. Han känner även igen Marcus Ström på en gång, eftersom Gustaf hade lämnat en beskrivning på honom. Harry lägger märke till att Marcus har en snygg manchesterkostym, en svart skjorta med stor, röd, bred slips och en kraftig slipsnål av något guldliknande material. Han sitter så avsides att ingen kommer att höra deras samtal.

– Hej Marcus, säger Harry.

– Hej Harry, svarar Marcus artigt.

De sätter sig sedan och börjar prata och det flyter på bra. Marcus förklarar att han är trött på det här kriminella livet och vill leva ett normalt liv i stället, men vill också återgälda lite till samhället och har därför tagit kontakt med Harry. Marcus gör gällande att han har bra insyn i Krogligan och vet vad de håller på med. Han tror att de måste stoppas, för de håller på att växa sig allt starkare på alla områden. Marcus säger att han är livrädd att det skall komma fram att han har vänt sig till polisen och vill därför bara träffa Harry, under största sekretess.

Efter att ha tagit varsin kopp kaffe bestämmer de att de skall träffas igen ganska snart.

Harry tar genast kontakt med Gustaf när han kommer tillbaka till polishuset.

– Hej Gustaf, jag vet inte vad jag skall tro.

– Berätta, säger Gustaf, ovanligt nyfiken.

Harry berättar om mötet och om vad som sas. Egentligen hade ingen lämnat något intressant utan bara känt på varandra. Harry är alldeles för klok och erfaren för att börja babbla på.

– Jag tycker att det är viktigt att du fortsätter kontakten, med tanke på narkotikaärendet mot Polen, och sedan får vi inte glömma Sundärendet. Vi vet idag ingenting om eventuella gärningsmän i det ärendet, säger Gustaf.

– Jag förstår, men det här är egentligen inte min grej, svarar Harry. Jag tycker egentligen att det vore bättre med någon yngre spanare, som exempelvis Bent.

Precis då knackar Bent på dörren.
– Hej, det där gick bra, du skötte dig som en riktig spanare, berömmer Bent.

Bent berättar sedan att man hade haft kontroll på Marcus ända sedan han parkerade bilen vid den stora parkeringen och han hade varit ensam i bilen. De hade sedan filmat hela mötet.

Det enda Bents spanare hade reagerat över var den stora slipsen med den stora slipsnålen och mobiltelefonen i bröstfickan.

Just när Bent och Harry skall lämna Gustafs rum, kommer Stina inrusande från telefonavlyssningen.

– Vi har fått in en del konstiga samtal. Ett är mellan »Chefen« och Marcus, där Marcus säger att allt gick bra och kontakten är knuten. Han säger sedan att han har allt i mobilen.

Både Gustaf och Harry blir nästan stela av förvåning.

– »Chefen« säger sedan att han vill lyssna av mobilen. En timme senare ringer »Chefen« upp Erik Svensk.

– Jag har med mig det där samtalet så att ni kan lyssna, säger Stina.

– Ja, det gör vi gärna, säger Gustaf.

– Hej, det är Per (Chefen), det är sant som Marcus säger. Jag har lyssnat på hans mobil.
– Vad bra, då fungerade det bra med inspelningen till mobilen, säger Erik Svensk.

– Nu kan vi ha en fot inne i lejonets kula, myser »Chefen«.

– Då får Marcus spinna vidare på det här och han är så smart så det kommer att gå bra, säger en nöjd Erik.

– Det här är inte klokt, utropar Harry.

– Vi måste ta det lugnt och analysera det här. De har försökt infiltrera i vår verksamhet, men tack vare att vi hade telefonavlyssningen har de misslyckats. Vi måste nu försöka avbryta den här kontakten på ett smart sätt så de inte misstänker någonting.

– Ja, vi låter Harry bli sjukskriven några veckor, föreslår Bent.

– I vilket fall som helst så sprider vi inte den här informationen, säger Gustaf, och de andra nickar instämmande.

– Men jag måste informera länspolismästaren Linda om det här så hon förstår vilka vi jobbar emot, poängterar Harry Enbacke.

Maria Sund ringer, full av oro, till Catrin.

– Nu har jag fått ett nytt brev, säger hon, både ledsen och upprörd.

– Försök att ta det lugnt, Maria, så kommer jag och hämtar det genast.

Catrin sammanträffar med Maria i hennes villa i Kåbo. Hon märker nu att Maria börjar må riktigt dåligt av det som händer. Hon verkar orolig och rastlös. Även om Maria annars är en lugn och sansad kvinna så är det här något nytt som hon inte kan styra över. Hon är helt enkelt orolig över allt och då inte bara över sig själv utan främst hela sin familj.

– Kan ni hjälpa oss med det här?

– Jag lovar att vi skall göra allt vi kan, svarar Catrin innan hon lämnar Maria.

Under resan till polishuset funderar Catrin över vad det här kan vara för någonting egentligen. Hon tycker det känns hotfullt på olika, sätt med okända gärningsmän som agerar på det här sättet. Det här är en ny typ av brottslighet som hon inte har upplevt tidigare som polis. Men hon tycker också att det

121

känns bra att hon har så erfarna och rutinerade poliser till sin hjälp i ärendet. Catrin tänker då främst på Gustaf och hans enorma kunskaper och lugn. Hon har också börjat funder lite över vad hon känner för Gustaf egentligen. Han är en bra chef och lite av läromästare.

Det dröjer inte länge förrän Catrin är tillbaka med brevet och nu befinner hon sig, med de andra i spaningsledningen, åter på tekniska roteln. Rita börjar få rutin på de här breven och öppnar det lika professionellt som tidigare och sedan läser hon högt för alla som är i rummet.

Ha pengarna klara i en lämplig portfölj och det skall vara gamla femhundrakronorssedlar och inte i nummerföljd. Vi hämtar dem imorgon klockan 15.

Tanka upp Din bil och parkera den framför huset med nycklarna i.

Återkommer till Din telefon 0706121161.

Vår Rättvisa

– Det här var klara besked, konstaterar Harry Enbacke.

– Vi samlas på mitt rum och funderar över situationen, säger Gustaf.

Gustaf har i sin roll som chef över både Kriminalunderrättelsetjänsten och Spaningsroteln ett ganska stort rum och en särskild sittgrupp för sådana här informella möten. Nu kommer Harry, Bent, Catrin och Gunnar till Gustafs rum.

– Vad tror ni, börjar Gustaf.

– Jag tror att de tänker be Maria åka från bostaden i sin bil till någon angiven plats, säger Bent.

– Ja, så kan det vara och vad gör vi då? undrar Harry.

– Till att börja med så sätter vi en bugg på bilen. Det fixar mina killar och då kan vi följa den hela tiden från avlyssningsrummet, föreslår Bent.

– Bra, och vad gör vi mer? frågar Gustaf.

– Jag täcker upp med mina spanare i området så att vi kan hänga på när det går iväg, säger Bent.

– Är det inte risk för att de upptäcker något då? frågar Gunnar.

– Nej, det skall de inte göra. Det här skall mina grabbar klara, annars får de söka sig till en annan rotel.

– Bör inte någon finnas med inne i huset hos Maria? undrar Catrin.

– Absolut, och det blir din och Gunnars uppgift, svarar Gustaf blixtsnabbt.

– Och hur gör vi med pengarna då? undrar Harry.
– Pengarna är framme, men sedan är frågan om vi skall ta dem eller leksakspengar. Det bestämmer vi senare.

– Harry och jag bildar en liten stab i avlyssningsrummet. Bent ansvarar för spaningarna ute och du, Harry, informerar Joelsson och länspolismästaren.

– Jag tar genast kontakt med Maria Sund och informerar henne, bryter Catrin in.

Catrin och Gunnar är tillsammans med Maria och Per Sund i deras villa. Ewa och barnen har gått till äventyrsbadet i Fyrishov.

Vid halvtretiden ringer det på Marias nya telefon och det är säkert inga kattköpare den här gången, tänker Maria.

– Skall jag svara? frågar Maria.

– Ja, gör det och samtalet spelas in, säger Catrin.

– Hallå, Maria.

– Hej Maria, är allt klart kommer vi strax, svarar en mörk mansröst.

– Ja pengarna är klara, svarar Maria.

– Bra, avslutar mannen.

Catrin ringer genast till staben och informerar Gustaf. I staben finns nu också chefsåklagare Åke Joelsson.

– Jag underrättar Bent, säger Gustaf.

Klockan 15 precis kommer en taxi och kör fram till Sunds tomt. Ur bilen stiger en man i taxiuniform och går fram till entrédörren och ringer på. Maria öppnar dörren.

– Hej, jag skall hämta en väska till Lars Larsson.

– Den här portföljen är det och vart skall du köra den? frågar Maria.

– Jag har fått i uppdrag att köra den till inlämningsdisken vid Kvantum i Gränby Centrum. Där skall den lämnas in så att Lars Larsson kan hämta den.

Maria lämnar sedan över portföljen till taxichauffören som går till sin bil och kör iväg. Catrin ringer genast och informerar Gustaf som ringer upp Bent och ger honom informationen.

– Några bilar hänger på taxibilen och några åker före upp till Gränby, bestämmer Bent.

– Men var försiktiga och hör taxichauffören sedan han har lämnat väskan, säger en något spänd Gustaf.

Taxichauffören kör snabbaste vägen mot Gränby och han måste köra igenom hela centrala Uppsala för att komma till Gränby Centrum, som ligger i stans östra utkant. Taxichauffören är ovetandes om att han har spanbilar efter sig under hela resan. Han parkerar bilen i närheten av den västra stora ingången. Han går sedan med snabba steg in i Gränby Centrum och fortsätter rakt fram mot inlämningsdisken som ligger rakt fram från ingången vid blombutiken. En bit ifrån inlämningsdisken ligger en trappa, som går upp till en Sushi bar som heter Gränby Sushi. Den ligger mitt i själva köpcentrumet, fast på andra planet, och cirka trettio meter från inlämningsdisken och man har möjlighet att äta sin sushi stående, men det finns också bord som man kan sitta vid. Bent har naturligtvis placerat två spanare vid ett av dessa bord, som då har fullständig uppsikt över blombutiken och inlämningsdisken. I det här fallet har han tagit en av varje kön, så att det skall se ut som ett normalt par som besöker Gränby och de är dessutom utrustade med varsin Icakasse. En ung flicka, som är iklädd Kvantums uniform, tar emot väskan och ställer undan den.

Taxichauffören går tillbaka till sin bil och kör därifrån och efter några kvarter blir han stoppad av två poliser. Taxichauffören berättar då att han hade stått och väntat på kunder vid centralstationen när en man kom fram och frågade om han var ledig. Han hade svarat ja och mannen hade då sagt att han heter Lars Larsson och ville ha en tjänst utförd. Han behövde hjälp med att hämta en portfölj hos Maria Sund, som bodde på Lektorsvägen 5 i Kåbo och sedan skulle portföljen köras till Kvantums inlämningsdisk i Gränby Centrum där han sedan skulle hämta portföljen.

– Och jag fick 500 kronor direkt ur hans ficka och därför utförde jag uppdraget, även om jag tyckte att det var lite ovanligt, säger taxichauffören.

– Kan du beskriva mannen? frågar spanaren Mats.

– Ja, han var i 30-årsåldern, ganska lång, mörkt, krulligt hår och mörkt skägg. Han hade kostym och mörka solglasögon.

– Var det något särskilt som du la märke till?

– Ja, kanske, jag tyckte han bröt lite på något öststatsspråk, sa taxichauffören som sedan fick åka vidare på nya uppdrag, om än lite konfunderad.

Gustaf får informationen och ringer upp Bent som redan har samma information om Lars Larsson.

– Kommer någon som stämmer in på signalementet med Lars Larsson och hämtar portföljen så griper vi honom, säger Gustaf.

– Jag förstår, och vi har inlämningsdisken under uppsikt, men även alla utgångarna. Enda problemet är att det finns lika mycket folk här som det alltid brukar vara, säger Bent.

– Det låter bra, svarar Gustaf, som samtidigt gör den reflektion som han alltid brukar göra när han är i Gränby: Var får folk alla pengar ifrån och här märks ingen finanskris.

Efter cirka en timme ringer Bent upp Gustaf och vill ha en öppen linje. De ser en person i 30-årsåldern, mörkt, halvlångt hår, ganska lång men inget skägg eller krulligt hår. Han är iklädd ett par snygga byxor och en kortärmad skjorta. Han går fram till inlämningsdisken och får vänta några minuter på sin tur innan han börjar prata med den unga flickan bakom disken.

– Han stämmer inte helt med det tidigare signalementet på Lars Larsson men ändå, säger Bent.

– Han kan ha avmaskerat sig genom att ta bort skägget och eventuell peruk, funderar Gustaf.

– Det är möjligt, svarar Bent.

Man kan se att flickan vid disken går och hämtar något. Hon kommer tillbaka med den stora portföljen som hon överräcker till mannen. Han börjar sedan gå sakta mot den södra ingången där det också finns ett nyöppnat café.

– Vad gör vi nu? frågar Bent.

Gustaf vet att han har några sekunder på sig att fatta ett avgörande beslut. Gustaf tittar på Harry Enbacke och åklagare Joelsson som båda nickar samtidigt.

– Grip honom, säger Gustaf.

– Det är uppfattat, svarar Bent.

Mannen grips, utan dramatik, av två spanare en bra bit innan han har kommit fram till den södra ingången, samtidigt som väskan säkras. Han förs ut till närmaste spanbil i närheten av Bent.

Bent går genast fram till mannen, som ser förvånad ut. Bent får en dålig känsla nu när han ser mannen. Han ställer därför en fråga innan mannen skall köras in till polishuset.

– Vad var det för väska du hämtade? frågar Bent och mannen svarar Bent på perfekt svenska!

– Jag skulle hämta den på uppdrag av en handikappad man med kryckor som satt vid caféet vid södra ingången och jag skulle få 200 kronor för besväret.

Det känns som om en elstöt går igenom Bents kropp innan han samlar ihop sig och beordrar två spanare direkt till aktuellt café. Efter några minuter så ringer de upp Bent.

129

– Hej Bent, det enda vi kan se på den angivna platsen är en tom kaffekopp och två kryckor, säger spanarna.

– Jag förstår, men stanna kvar där ett tag och ta uppgifter från personal och andra kunder. Vi säkrar också kaffekoppen för eventuella spår.

Bent misstänker nu att de har gått på ännu en blåsning och ringer modstulen upp Gustaf och berättar.

– Ta in mannen till polishuset ändå så att vi får höra honom ordentligt om den här händelsen, uppmanar Gustaf.

Gustaf har kallat till ett möte morgonen därpå. Mötet skall han ha i det lilla konferensrummet, eftersom alla inblandade poliser är kallade och även länspolismästaren Linda Rosmyr tänker komma. Gustaf är väl inte på världens bästa humör, men han har varit med förut.

– Ja, ni är välkomna. Det gick väl inte så bra för oss igår, men det gjorde det ju inte för gärningsmännen heller, men de finns kvar därute, börjar Gustaf.

Gustaf går sedan igenom hela händelseförloppet från det att annonsen sattes in i Upsala Nya Tidning tills väskmannen Åke Svensson greps vid Gränby Centrum. Länspolismästaren Rosmyr lyssnar hela tiden uppmärksamt och kommer med första kommentaren.

– Jag tycker egentligen inte att ni har gjort något misstag, utan vi har att göra med en försiktig och intelligent gärningsman, konstaterar länspolismästaren.

– Men vi skulle ha haft mer is i magen, säger Bent, som inte har mått bra efter gripandet av Åke Svensson.

– Jag anser ändå att utredningen har gått framåt, säger Harry Enbacke.

– Jag håller med Harry. Vi har kontrollerat samtalet som Lars Larsson, och vi kan väl kalla honom för det fortsättningsvis, ringde till Maria. Han har ringt från en ny telefon med kontantkort och det är det enda samtalet som har ringts från den telefonen. Men vi kan via masterna se att samtalet har ringts från Flogsta-Ekebyområdet. Signalementet på Lars Larsson är genomgående lika bland vittnen som har hörts. Vi har där den intressanta iakttagelsen med öststatsbrytning. Åke Svensson som blev tillfrågad att hämta väskan uppger också samma signalement, så vi var ganska nära gärningsmannen när han satt på caféet, säger Gustaf.

– Hur är det med den efterlysta Nissan? frågar Bent.

– Den är fortfarande efterlyst och jag kommer att uppmana all personal i yttre tjänst att söka i Flogsta - Ekebyområdet, svarar Gustaf.

– Hur var det med pengarna i portföljen? frågar en nyfiken spanare.

– Vi kan väl säga så här, att gärningsmännen hade blivit förvånade när de öppnat portföljen, svarar Harry Enbacke.

– Finns det inget på telefonavlyssningen som tyder på att Krogligan är inblandad? frågar länspolismästaren.

– Nej, det finns ingenting som går in på linjerna där man pratar om utpressning eller familjen Sund. Det enda som hörs är ett antal samtal mellan»Chefen« och forskningschefen Runar och det är kompissamtal, svarar Stina, som Gustaf ville ha med på mötet.

– Inget annat om Krogligan? undrar Bent.

– Jo, det händer saker hela tiden. De håller på med något stort med Polen. Det verkar nästan som om de har direktkontakt med någon form av narkotikafabrik där. De pratar också om långtradare, säger Stina.

– Hur gör vi med familjen Sund nu, bryter länspolismästaren in.

– Catrin och Gunnar sköter kontakten kontinuerligt med familjen. Och de har redan gått igenom den sista händelsen med dem, eller hur Catrin, undrar Gustaf.

– Ja, och de inte vill flytta utan bo kvar som vanligt, även om de inte mår bra av den här situationen. Det nya som har tillkommit är ju att nu vet gärningsmännen att polisen är inblandad. De hoppas på det bästa och att det skall avskräcka gärningsmännen så att de avbryter utpressningen. Men de kommer även fortsättningsvis att vara vaksamma och försiktiga, svarar Catrin.

– Men jag tycker inte om det där med att de har polsk barnflicka, även om jag vet att hon är kontrollerad, säger Gunnar.

– Jag har också funderat över det här med att barn som har fått fel medicin, som gärningsmannen uppger i breven och att han avslutar breven med *Vår Rättvisa*, fyller Catrin på.

–Kuten får undersöka det där närmare, svarar Gustaf.

– Det finns gott hopp i den här utredningen och jag önskar er lycka till, säger länspolismästaren, som fortfarande ser så strålande ut.

Gustaf och Harry sitter kvar i rummet sedan alla andra har lämnat det. De är bägge osäkra på hur fortsättningen av ärendet skall bli. Endera så tar det bara slut här eller så kan det bli ännu värre.

– Jag och Mia skall gå till konserthuset ikväll och lyssna på Paul Potts. Det har Mia verkligen sett fram emot och jag med, för den delen. Jag tycker att konserthuset är en fantastisk byggnad med många möjligheter, säger Gustaf.

– Själv har jag börjat en utbildning för god man, säger Harry.

– Men är det inte jobbigt att hålla på med sådant, funderar Gustaf.

– Jo, men jag tänker sedan fortsätta med en kurs om ensamkommande flyktingbarn och det brinner jag verkligen för.

När Harry har lämnat rummet funderar Gustaf igen över vad det egentligen är som har hänt med Harry. Han är så förändrad. Gustaf får nästan dåligt samvete när han tänker på sina egna intressen som fotboll och spel. Och förresten, på fredag är det match på tv med Barcelona och det får man inte missa, tänker Gustaf.

Gustaf och Mia hade haft en underbar kväll i Uppsalas konserthus. Först hade de avnjutit Paul Potts i en underbar konsert i en fullsatt salong. Efteråt hade de ätit en middag i konserthusets matsal. Mia hade fått bestämma och hon tog sin favoriträtt, sjötunga Walewska och pressad potatis med vitt vin till, och även Gustaf tyckte om den rätten. Efter det hade de tagit en taxi hem till Luthagen. Humöret var på topp hos båda och de hade nästan genast gått till sovrummet för en liten mysstund och efter de här kärleksfulla stunderna brukar de somna hand i hand.

När klockan är strax efter två väcks de av en brutal telefonsignal. Det är Mia som ligger närmast som svarar.

– Hallå, vem är det, grymtar Mia.

– Ursäkta att jag ringer så sent. Det är från polisen och vi måste få prata med Gustaf, säger det vakthavande befälet.

Mia räcker över telefonen till en sömndrucken Gustaf.

– Hallå, det är Gustaf.

– Jo, hej det är Sjögren. Det har hänt saker i natt. En person har hittats svårt knivstucken utanför ett bostadshus i Stenhagen. Han tillhör ett av gängen och han är livshotande skadad.

– Har ni spärrat av och tagit dit tekniker?

– Ja det har vi gjort och Kurre Skott är på väg dit. Vi har också hört en del vittnen och knackat dörr, säger Sjögren.

– Mycket bra. Finns det några iakttagelser? frågar Gustaf.

– Ja vi har ett vittne som har sett två mörkklädda män i 20-årsåldern som har lämnat brottsplatsen springande, säger Sjögren.

Mia blir också väckt av samtalet som hon hör.

– Jag tycker att du skall byta jobb, gäspar Mia innan hon somnar om.

Många funderingar far genom Gustafs huvud efter att ha hört vad som har hänt och han har svårt att somna om. Han tänker på det så kallade gängkriget. Hur skall det här egentligen sluta? Det blir grövre våld hela tiden, både mot varandra och även vid annan brottslighet, som de håller på med. Gustaf har länge förstått att det här klarar polisen inte av att lösa på egen hand utan här måste alla krafter i samhället hjälpa till.

När Gustaf kommer fram till polishuset efter sin dåliga nattsömn går han igenom alla handlingar med vakthavande. Han kan då konstatera att offret är en ung man av utländsk härkomst och han tillhör en av gänggrupperingarna och är tidigare känd av polisen.

Harry Enbacke kommer in till Gustaf för att diskutera läget på avdelningen.

– Klarar vi av alla ärenden som vi har på gång utan att begära förstärkning? frågar Harry.

– Jo, jag tror det, om det inte händer något mer stort den närmaste tiden, svarar Gustaf.

– Men du måste säga till om det blir för mycket, då kan jag prata med Linda.

– I Sundärendet så ligger vi i något slags vänteläge eftersom utpressarna inte har hörts av efter den sista händelsen. Krogligan har vi ju lyssning på och följer utvecklingen i deras pågående narkotikaaffärer, men sådant där brukar ta tid. På mc-sidan händer ingenting. Det här sista med knivskärningen är ju en utveckling som är allvarlig, men den var inte oväntad i det pågående gängkriget.

– Ja det finns lite att bita i, tänker Harry högt, innan han går iväg lika trygg som han har varit den sista tiden.

Det dröjer inte lång stund efter det att Harry har gått, så står Gunnar och Catrin i dörrhålet.

– Hej Gustaf, jag har bra information om knivskärningen, säger Gunnar.

– Bra vad då?

– Min källa Anna har fått tre namn på gärningsmännen och det är Rolf, Samir och Hassan. De tillhör den andra grupperingen och är kända av oss. Hon anser att det är säkra uppgifter som hon har fått fram. Anna berättar också att det skall vara en kompis som under tvång ringde till offret och lurade ut honom. Gärningsmännen hade stått utanför hans port och kört kniven i honom när han kom ut. Offret Ali känner bra igen gärningsmännen.

– Mycket bra, men samla in mer information. Det är för tidigt att göra någonting än, säger Gustaf.

Men den fortsatta utredningen går mycket bra, nya vittnesuppgifter stämmer bra med vad Anna hade lämnat. Och det bästa är att även den tekniska undersökningen redan gett bra resultat. Kurre Skott har hittat spår efter Samir på brottsplatsen. Gustaf och Harry är överens om att Gustaf skall gå till åklagaren och försöka få tvångsåtgärder på alla tre.

– Hej Ann, säger Gustaf, sedan han har knackat på hos Ann Matt, som har jouren och förmodligen också får ärendet.

Gustaf gillar Ann, som ofta får alla tunga våldsärenden. Hon är effektiv, orädd och tuff. Ibland kan han tycka att hon nästan är lite för tuff.

– Hej, har du något spännande? frågar Ann.

Gustaf berättar sedan om hela ärendet med knivskärningen och Ann lyssnar samt antecknar flitigt.

– Okej, jag anhåller alla tre från och med nu, bestämmer hon utan att blinka. Men du får lägga upp taktiken vid gripandet och uttag av lämpliga förhörsledare.

– Jag lovar att du inte skall bli besviken, säger Gustaf innan han går.

Han går sedan upp på rummet och ringer efter Harry och Bent. Efter några minuter sitter de samlade kring Gustafs speciella konferensbord. De går noggrant igenom ärendet och bestämmer sedan att alla tre skall plockas in tidigt i morgon bitti. Bent får ansvaret för hela den operationen. Den erfarne utredaren Eriksson får höra Hassan och sedan skall Harry plocka ut förhörsledare tillsammans med chefen på våldsroteln för de andra två. Gustaf vill att Catrin och Gunnar samtidigt gör ett nytt försök att höra offret Ali på sjukhuset.

– Det här blir spännande, säger Bent när han lämnar rummet.

Konstigt, tänker Gustaf, att Bent alltid kan vara så positiv, men det kanske är hans engagemang på fritiden med ungdomar och idrott som påverkar honom.

Gustaf vet att Bent är engagerad i judo på sin fritid. Bent var själv en mycket duktig och lovande tävlingsjudoka, om Gustaf inte minns fel har han varit svensk juniormästare i sin viktklass. Numera är han tränare för ungdomar som vill pröva på judo.

Gustaf har själv varit intresserad av judo och har också ett lågt bälte i sporten. Han vet att judo kan ge mycket som styrka, mod och ödmjukhet.

Det finns några historier som går inom polisen om Bent och hans judokonst. Han hade som specialitet ett lågt handkast som kallas Tai-otoshi på japanska. Det sägs att det kastet kunde han utföra i sömnen.

Vid ett tillfälle skulle han gripa en efterlyst tjuv inne i centrala Uppsala. Tjuven hade då dragit fram en stor skruvmejsel och attackerat Bent, som då hade parerat och gjort ett Tai-otoshi på tjuven. Tjuven fick en luftfärd innan han hamnade på rygg i asfalten och tittade förvånat på Bent. Tjuven hade då frågat, »Var fan gjorde du lumpen någonstans« och Bent hade svarat att han hade varit malaj. Det slutade med att både tjuven och Bent skrattade gott.

Det sista Gustaf har hört om Bents judoengagemang är att han har börjat träna handikappade ungdomar.

Bent informerar genast sina spanare, som får i uppdrag att lokalisera alla de tre anhållna männen innan dagen är slut. Han kan också sent på kvällen lämna besked till Gustaf att nu har de »nattat« alla tre i sina bostäder.

Följande morgon grips alla tre utan någon större dramatik och fördes till polishuset. Förhörsledarna har nu en genomgång av ärendet och taktik för hur förhören ska hållas.

Förhören påbörjas och alla tre nekar. Den enda som svarar någonting på frågorna är Hassan. Han verkar både rädd och ha dåligt samvete.

Catrin och Gunnar har försökt höra Ali på sjukhuset, men han påstår fortfarande att han inte minns någonting. Catrin har även berättat att hans förra kompis Hassan sitter anhållen, men det påverkar inte Ali det minsta.

Efter flera timmars förhör har Samir och Rolf berättat var de var vid tidpunkten för knivskärningen i Stenhagen, och de hade varit på en helt annan plats. Dessa uppgifter kontrolleras genast men går inte att styrka. De har inget alibi för brottet. Hassan börjar vekna och frågar om skydd ifall han skulle ändra sin dåliga historia och berätta varför han ringde till Ali mitt i natten.

Gustaf pratar med Eriksson och säger att man måste lova Hassan fullt skydd om han berättar, samtidigt som Gustaf vet hur svårt det är att garantera det.

Eriksson, som är en ovanligt duktig förhörsledare, går åter in till Hassan och fortsätter förhöret. Efter drygt två timmar kommer Eriksson ut och går direkt till Gustaf.

– Hassan har erkänt, säger han.

– Bra, berätta, säger Gustaf nyfiket.

Och Gustaf får en genomgång av förhöret av Eriksson.

Efter att Hassan hade erkänt sin del så erkände även de andra två så småningom. Var och en tänkte nu bara på sig själv och ville ha så lite del som möjligt i händelsen. Nu gällde det att också tänka på ett skydd för Hassan eftersom han var den som började erkänna.

Gustaf och Harry diskuterar den frågan och Harry har första förslaget.

– Vi kan väl skicka iväg honom på en solsemester i tre veckor med någon ung polis, funderar Harry.

– Eller så försöker vi få tag på någon stuga i någon avlägsen skogstrakt, säger Gustaf.

Gustaf känner sig ganska nöjd med sin arbetsdag när han cyklar hemåt och idag trampar han förbi tobaksaffären på Skolgatan utan att stanna. Anledningen är att han har bråttom hem för att sätta sig i bilen och åka till Ikea. Gustaf tänker köpa en ny bokhylla och senare på kvällen räknar han med att titta på en fotbollsmatch.

– Hej Mia, jag har lite bråttom för jag skall åka till Ikea och köpa den där nya bokhyllan till mitt arbetsrum, ropar Gustaf så fort han öppnar dörren till radhuset.

– Jag vet, och därför är maten klar och jag har tankat bilen åt dig.

– Du är toppen!

– Förresten, läste du Upsala Nya Tidning i morse? frågar Mia.

– Nej, jag hann inte, svarar Gustaf.

– Jo, där står det att restaurang Greven har gått i konkurs. Var inte det något som du höll på med?

– Nej inte direkt, men det var ju synd, svarar Gustaf.

Han tänker sedan på Ruben Modig som inte vågade hjälpa sin bror Åke. Gustaf får en del olustkänslor när han tänker på den här utvecklingen. Men nu är det bara att sätta sig i bilen och åka mot Ikea och då känns det lite lättare igen.

När Gustaf kommer till kontoret nästa dag känner han sig i bra form. Barcelona hade vunnit sin hemmamatch i La Liga igår kväll och hade spelat bländande. Dessutom hade Messi gjort ett riktigt kanonmål. Gustaf såg redan fram emot sin resa till Spanien och El Classico, tänk att få kliva in på den fullsatta arenan en ljummen sommarkväll. Precis när han sitter i sin ovana och drömmer om resan till Barcelona, kommer Bent inrusande.

– De har hittat Nissan Primeran vid Ekeby bruk. Det var ordningen som hittade den. Vi åkte dit så fort vi hörde det på radion, säger Bent något upphetsad.

– Och vad hände sedan? frågar Gustaf.

– Vi tog över och har satt den under diskret bevakning. Bilen är låst och står lite undangömd vid den stora parkeringen. Registreringsskyltarna verkade medvetet nedsmutsade så det gick inte att läsa ut hela numret. Det var bra gjort av de unga ordningspoliserna att hitta och identifierar bilen och det är WAV 522 när man undersöker den närmare, säger Bent.

Ekeby bruk är en legendarisk porslinsfabrik som är nedlagd sedan lång tid tillbaka. Den består av flera stora byggnader i rött tegel. Porslin från Uppsala Ekeby är i dag oftast rariteter.

I dag har man moderniserat alla byggnader som nu rymmer ett 70-tal små företag. Det är alla sorters företag som smådjursveterinär, restauranger, bilverkstäder, dataföretag och även internationella företag. Ekeby bruk ligger i utkanten av den västra stadskärnan i Uppsala.

Gustaf ringer efter Catrin, som kommer till hans rum inom någon minut.

– Är det sant att man har hittat bilen? frågar hon spänt.

– Ja, den står låst vid Ekeby bruk och bevakas nu av span, säger Gustaf.

Gustaf och Catrin sätter sig sedan ner och diskuterar hur man skall lägga upp fortsättningen med Nissan Primeran. De kommer fram till att span får bevaka bilen i något dygn. Det finns ju en möjlighet att någon använder sig av bilen. Om inget händer tar man dit tekniska och de får göra en undersökning på platsen, sedan tar man in bilen till polishuset för en noggrannare undersökning.

Catrin skall ta kontakt med Kuten för att få hjälp med att gå igenom alla företag som häller till vid Ekeby bruk.

– Catrin, du får ansvaret för Ekeby bruk och bilen, säger Gustaf i en ganska bestämd ton.

– Bra, jag skall göra mitt bästa, och hon lämnar Gustafs rum med lätta steg.

Gustaf tittar efter Catrin och känner att han har ett stort förtroende för henne och att även Gunnar mår bra i hennes sällskap.

Några dagar senare knackar Catrin på hos Gustaf.

– Hej Gustaf, inget har hänt vid bilen. Jag tycker att vi avbryter bevakningen och undersöker bilen.

– Absolut, hur går det med företagen?

– Vi har tillsammans med Kuten gått igenom alla och det är cirka fem som verkar lovande, säger Catrin.

– Varför då?

– De har intressen i Polen och det finns personer som förekommer i våra register i de företagen.

– De låter intressant, men man får inte glömma att det fortfarande kan vara en tillfällighet att bilen fanns just där, säger Gustaf.

– Jag är medveten om det, men du kommer ju ihåg att telefonsamtalet till Sunds vid utpressningstillfället ringdes från Ekebymasten, så vi kommer naturligtvis att borra vidare i de här företagen, summerar Catrin innan hon jäktar vidare till Kuten.

Efter någon timme ringer Kurre Skott till Gustaf efter att ha undersökt bilen på plats.

– Hej Gustaf, jag är nästan säker på att skadan på Marias bil stämmer med en skada i fronten på Nissan. Jag har även försökt ta lite skoavtryck kring bilen även om det kan bli svårt att få några bra avtryck, eftersom det har rört sig folk här.

– Bra, säger Gustaf.

– Nu tar vi in bilen till vårt tekniska garage och slutför undersökningen där.

Mycket intressanta uppgifter, tänker Gustaf, som också funderar över om det blir några nya drag ifrån utpressarna. Det är konstigt det här med Polen som dyker upp hela tiden. Det är nog någonting som ligger i det. Gustaf känner sig ganska nöjd med dagen när han tar cykeln för att färdas hem till Luthagen, men i dag tänker han inte missa tobaksaffären. Han cyklar genom centrum för han hade tänkt överraska Mia med en flaska gott vin från Systembolaget i centrum. I centrum brukar det vara lite trivsamt så här års med gatumusikanter, varmkorvsgubbar och glasstånd. Precis när han skall passera gågatan, ser han en något äldre man stå och sälja kokosbollar för tio kronor. Han tittar två gånger, sedan tänker han »kan det här vara sant«. Jo där står före detta mästerkrögaren Sören Modig och säljer kokosbollar. Gustaf hinner tänka »så här får det inte gå till«, innan han sätter kurs mot tobaksaffären.

Gustaf sitter och går igenom månadsrapporten för roteln när telefonen ringer ilsket.

– Hej, det är Catrin, någon har gjort sabotage på min bil, pustar Catrin upprört.

– Var är du någonstans och vad är det som har hänt?

– Jag är hemma och när jag skulle starta bilen för att åka till jobbet så märkte jag att det skramlade i framhjulen. När jag sedan gick ur för att titta kunde jag se att alla muttrarna till framhjulen var lösa.

– Stanna kvar där så skall jag ringa vakthavande, så han kan skicka dit krimjouren och så kommer jag själv, säger Gustaf.

– Bra, det känns skönt, svarar Catrin betydligt lugnare.

Gustaf ringer till vakthavande och det är Sjögren som svarar och lovar att skicka en patrull med detsamma. Gustaf hinner också tänka tanken »vad fan är det som pågår egentligen« innan han lämnar garaget med en rivstart och kör i högsta fart mot Nånting.

Framme kan Gustaf se att Catrin är ledsen men ändå samlad

och det hon hade sagt på telefon stämde. Någon måste ha lossat på muttrarna till hennes bil. Var det för att skrämmas eller var det allvarligare än så? Catrin har varit inblandad i flera ärenden på slutet mot grov brottslighet och hon är väldigt effektiv – eller kan det trots allt vara något vanligt busstreck? Därför frågar Gustaf om det först.

– Brukar sånt här förekomma i det här området?

– Nej det har jag aldrig hört talas om och det är inte sådana ungdomar som bor här, svarar Catrin.

Två poliser från krimjouren kommer snart till platsen. De konstaterar samma sak som Gustaf och de tycker att det är bäst att ta dit tekniska för en riktig undersökning. Gustaf ringer till Kurre Skott som lovar att skicka två tekniker genast. Krimjouren knackar sedan dörr för att få tag i eventuella vittnen och håller ett kort förhör med Catrin, som säger att hon hade parkerat bilen igår kväll utomhus som alltid på sommaren. När hon nu skulle åka till jobbet lite senare än vanligt på morgonen så upptäckte hon det här.

Teknikerna kommer till platsen och undersöker hjulen och försöker även hitta lite spår där. De försöker likaså att säkra skoavtryck kring bilen och söker fingrar på bilen i närheten av framhjulen.

Gustaf frågar Catrin om han kan skjutsa henne någonstans eller om han kan hjälpa till med något annat. Catrin föreslår att de går in till henne så hon kan bjuda på en fika. Men först skall hon ringa sin sambo Olle, som befinner sig på någon byggarbetsplats.

Gustaf har aldrig förut varit inne i Catrins radhus och han blir imponerad över hur fräscht och smakfullt möblerat det är. Det märks att de är några år yngre än han och Mia. De gör intryck av att vara modernare på något sätt, även om de också har skinnmöbler.

Catrin gör i ordning kaffe och de bestämmer sig för att sitta i köket. Gustaf frågar efter ett tag:

– Du har inte märkt något konstigt, att någon har varit efter dig eller så?

– Nej, jag har inte ens haft tanken, svarar Catrin.

– Det är ingen du kan tänka dig?

– Nej, absolut inte men det är klart, jag är ju inblandad i många större ärenden nu som Sundärendet, Krogligan, gängen och så tittar jag ju också på mc. Men jag kan inte förstå det här ändå.

– Nej, det är svårt att förstå, men du får nog vara lite extra uppmärksam ett tag framöver, uppmanar Gustaf.

De pratar vidare om rätt allmänna saker och Gustaf märker att han trivs otroligt bra i Catrins sällskap. Men den stora åldersskillnaden gör väl att man har olika intressen och syn på livet? Innan Gustaf lämnar Catrin har hennes sambo Olle kommit hem och Gustaf ger Catrin ledigt resten av dagen så hon och Olle kan få prata om händelsen i lugn och ro.

När Gustaf kommer tillbaka till polishuset tar han genast kontakt med Harry Enbacke och diskuterar det som har hänt med Catrin. De har svårt att se någon misstänkt gärningsman och de har också svårt att se något riktigt motiv. Det enda motiv som skulle kunna vara möjligt är kanske att skrämma Catrin i hennes yrkesroll. Båda är därför överens om att man måste stödja Catrin så mycket som möjligt. Harry säger också att han tänker underrätta Linda om händelsen.

Morgonen därpå är Catrin på jobbet och hon verkar precis som vanligt. Det hade dumt nog stått en liten notis om skadegörelse på en bil i Nåntuna i Upsala Nya Tidning. Innan Gustaf hinner gå och prata med Catrin, så ringer telefonen.

– Hej, det är Harry, kan du komma över en stund?

– Javisst, svarar Gustaf.

När Gustaf kommer in till Harry, tycker han att Harry ser lite stressad ut.

– Jag fick ett konstigt anonymt telefonsamtal på en gång imorse. Det var en mansperson som ville tipsa om händelsen i Nåntuna. Han säger att han såg en person gå från Catrins bil till en annan bil som han åkte därifrån i.

– Vad intressant! Hur beskrev han mannen och bilen han åkte i?

– Jag tänker läsa ordagrant hans beskrivning. Mansperson drygt 50 år, mörkt hår med grå stänk i, ca 185 cm lång, ganska kraftig och han var iklädd en blå kortärmad skjorta med svarta långbyxor. Han gick till en mörkgrön Mazda 6 av senaste modell.

Gustaf blev alldeles matt.

– Det där är ju jag, säger han, lätt upprörd.

– Ja, det tyckte jag också, medger Harry.

– Vi får inte låta oss provoceras utan måste ha is i magen. Frågan är hur vi skall sprida den här informationen, säger Harry.

– Du måste prata med Linda i alla fall. Jag vet inte hur vi skall göra med Catrin, säger Gustaf.

– I vilket fall som helst så har jag alibi. Jag var ihop med Mia hela kvällen och natten, konstaterar Gustaf som är illa berörd.

– Var inte dum nu, Gustaf. Vi vet vad du går för, säger Harry innan han går med bestämda steg till Linda.

Gustaf går tillbaka till sitt kontor och känner sig verkligen illa till mods. »Är det så att jag skall känna mig så här så har man verkligen lyckats.« Gustaf vet också att även om alla inser att han är helt oskyldig, så blir det alltid en del ryktesspridning om sådant här.

Innan Gustaf hinner sjunka ner i alltför djupa tankar, så ringer telefonen.

– Hej det är Harry, jag skall bara säga att Linda stödjer dig helt och vi skall inte låta oss provoceras så lätt. Det är bara att jobba på som vanligt, men hon tycker också att det vore bra om vi kunde få fram något mer kring Catrins bil.

– Bra. Tack Harry, för att du underrättade mig på en gång om det här. Jag ska sätta Roine på det här. Han tycker om att jobba ensam och diskret.

Så långt är Gustaf nöjd men han känner ändå en viss olust över vad som har hänt.

Catrin går med raska steg för att komma in och få prata med Gustaf. Hon och Olle hade pratat en hel del sedan Gustaf hade lämnat dem igår. De hade först pratat om hennes roll som polis och Olle hade tyckt att Catrin borde få en något lugnare tjänst. Han hade föreslagit områdespolis eller någon form av utredningstjänst. Catrin höll inte alls med om det. Hon tycker verkligen om det jobb som hon har nu. Hon vet att det kan vara tufft att jobba med grov kriminalitet men hon kan också själv vara tuff om det behövs. Hon kommer inte att låta sig skrämmas av det här, om det är det som är meningen, och hon tänker inte överge Gustaf.

Catrin älskar sin Olle och hon passade nu på att ta upp frågan om barn. Hon berättade för Olle att hon tycker det är konstigt att hon inte blir gravid, eftersom hon inte har skyddat sig något. Det visade sig då att Olle också har tänkt på samma sak. De bestämde sig för att båda skulle söka läkare för att kontrollera sig. Catrin kände sig både lättad och glad efter det här samtalet med Olle.

– Hej Gustaf, jag har en del nyheter, säger Catrin.

– Jaha, men hur mår du?

– Jo tack, det känns ganska bra.

– Men lyssna nu, jag var förbi tekniska och Kurre Skott säger att skadan på Marias bil stämmer helt med skadan på Nissan. Han säger också att skoavtrycken utanför Marias bil vid Seminariegatan verkar stämma med en del avtryck vid Ekeby bruk. De har dessutom lyckats säkra en del spår inne i Nissan, som fingeravtryck, med mera.

– Ja, då kan vi vara helt säkra på att det är rätt bil vi har hittat, säger Gustaf.

– Det finns också några företag där som kan vara av intresse och som Kuten fortsätter att borra i, uppger Catrin och är på väg att gå från Gustafs rum.

– Vänta, det var en sak till, säger Gustaf.

Sedan berättar Gustaf om det anonyma telefonsamtalet som Harry hade fått om händelsen med hennes bil. Catrin gör genast samma reflektion som Gustaf och Harry hade gjort och sedan undrar hon:

– Vem kan det vara som vill komma åt oss båda?

– Jag vet inte, men vi får nog vara extra uppmärksamma ett tag framöver och jag har satt Roine på det här, säger Gustaf, som också är lättad över att Catrin har reagerat som hon har gjort.

– Men hur kan de känna till att vi jobbar ihop och med sådana här saker, undrar Catrin.

– Du skall veta, Catrin, att de vet mer om oss än vad vi tror, säger en något orolig Gustaf och han känner sig mer orolig för Catrin än sin egen person.

Catrin känner att Gustaf verkligen stödjer henne och hon lyssnar alltid på hans kloka råd. Hon skulle gärna fråga honom om några privata saker men de är ju trots allt bara arbetskamrater.

Gustafs telefon ringer och han får en konstig känsla innan han svarar.

– Gustaf.

– Hej, det är Per Sund. De har kidnappat Mats, säger Per mycket upprört.

Gustaf känner en kall ilning gå igenom kroppen. Mats är Per och Marias 7-årige son.

– Var och när? frågar Gustaf.

– På vägen hem ifrån skolan vid Kåbovägen för en kvart sedan, svarar Per.

– Finns det något signalement eller fordon?

– Det som finns är en blå skåpbil och en man i 25-årsåldern med en halsduk för ansiktet.

– Jag ringer upp dig om några minuter, men jag måste först larma ut det här.

Gustaf ringer direkt till vakthavande befäl och redogör kortfattat för samtalet och aktuella uppgifter larmas genast ut till alla bilar.

Gustaf ringer upp Per igen.

– Var Mats ensam? frågar han.

– Nej barnflickan Ewa var med, svarar Per.

– Är ni hemma nu?

– Ja, vi är hemma alla utom Jenny som är kvar i skolan.

– Bra, vi kommer hem till er så fort vi kan, säger Gustaf och försöker låta så trygg han kan.

Gustaf känner att nu har han verkligen fått problem. Det här var det värsta som kunde hända. Han hade nästan trott att utpressarna hade givit upp efter det misslyckade försöket och det var ett bra tag sedan, men han hade aldrig varit helt säker. Han är nu trots allt glad över att de hade fortsatt utredningen med full kraft.

Innan han hinner ringa efter dem är Harry och Linda på hans rum. De är alla sammanbitna och förstår genast allvaret i den uppkomna situationen.

– Jag ger dig och Harry ansvaret över att driva det här till ett lyckligt slut, säger Linda och tittar på Gustaf. Och ni får tillgång till alla resurser som vi har i polishuset, men ni kanske också måste kontakta Rikskrim.

– Jag förstår och jag tänker ta de nödvändiga kontakterna hos Rikskriminalen, försäkrar Gustaf som har många bra och personliga kontakter där.

– Jag vill ha kontinuerlig information i ärendet, säger länspolismästaren Linda.

– Hur gör vi med massmedia? undrar Harry.

– Allt måste gå igenom vår pressman Rubenson och han måste naturligtvis vara uppdaterad i ärendet, men det är ni två som bestämmer vad som ska lämnas ut, säger Linda innan hon lämnar rummet med bestämda steg.

Gustaf och Harry sätter sig ner och funderar några minuter innan de enas om de närmaste åtgärderna.

Barnflickan Ewa måste höras omgående av Catrin och Gunnar. Per och Maria måste höras igen. Teknisk undersökning på platsen för kidnappningen. Bents spanare och alla informatörer som är registrerade i myndigheten måste aktiveras. Både Harry och Gustaf är medveten om att de kommer att få det hett om öronen framöver. Det här kommer att bli en förstasidesnyhet i hela riket. Men Harrys nya inre lugn påverkar också Gustaf så att även han känner sig ganska lugn, trots den stressade situationen.

Catrin och Gunnar tar hand om barnflickan Ewa och går till ett rum på övervåningen. Catrin frågar vilket språk som passar bäst att prata på. Ewa svarar då på engelska, eftersom hon anser att hon behärskar det språket nästan lika bra som polska.

– Kan du berätta vad som hände? frågar Catrin, som tycker att Ewa ser rädd ut men ändå samlad.

– Ja, jag skulle hämta Mats vid skolan som jag brukar. När jag kom fram till skolan var klockan strax före ett och Mats slutade sin lektion klockan ett. Precis klockan ett kom han utspringande mot mig som han alltid gör, glad och pigg. Vi började sedan gå den väg vi alltid brukar gå hemåt Kåbo. Mats var som vanligt full av liv och berättade att man hade spelat basket, som han älskade, idag på gymnastiken.

– Märkte du någonting vid skolan, inflikar Gunnar.

– Nej, allt var som vanligt, svarar Ewa.

– När vi sedan kom in på Kåbovägen efter ca 10 minuter hörde jag att det kom en större bil bakom oss. Det brukar ta ca 15 minuter att gå hem till oss. Jag reagerade inget särskilt på bilen bakom, men jag märkte att den körde sakta.

– Fanns det några andra personer eller bilar i närheten? frågar Gunnar.

– Nej, inga som jag såg eller minns, svarar Ewa.

– Och så helt plötsligt så kör den blå skåpbilen förbi oss och stannar helt tvärt framför oss, på ett avstånd av 3–5 meter. Ur bilen hoppar en person med en halsduk uppdragen över ansiktet så man såg bara ögonen och håret. Han springer fram till Mats och tar tag i honom. Jag försöker att hålla emot, men han är starkare än jag så jag tappar greppet om Mats hand. Mats skriker då »släpp mig, jag vill inte, släpp mig« och han sprattlar med benen och slår vilt med armarna. Jag försöker också att ta tillbaka Mats och skriker »hjälp« på svenska så högt jag kan. Men allt går mycket fort och mannen lyfter snabbt in honom i skåpet på bilen och hoppar själv in där. Bilen kör sedan iväg med en rivstart så det måste ha varit någon annan som körde. Den personen såg jag aldrig.

– Vet du exakt var det här hände? frågar Catrin

– Ja, jag känner igen huset där det hände för vi går samma väg varje dag, svarar Ewa.

– Kan du beskriva mannen som kidnappade Mats? frågar Gunnar.

– Ja, han var ca 25 år, ganska lång, kanske 180 cm, smal, ljust halvlångt hår. Halsduk för ansiktet, blåa ögon. Han såg svensk ut. Och så hade han en blå kortärmad T-shirt, svarta jeans och gympadojor.
– Sa han någonting? frågar Gunnar.

– Nej inte vad jag kommer ihåg, svarar Ewa.

– Hur såg bilen ut? frågar Catrin.

– Det var en blå skåpbil som såg ganska ny ut. Jag vet inte vad det var för fabrikat, men det kan ha varit något japanskt. Jag försökte läsa av registreringsskyltarna men de var så nedsmutsade så det gick inte. Men jag tyckte att första bokstaven var ett A och sista siffran en tvåa.

– Mycket bra gjort, sa Catrin. Hur känner du dig nu, har du någon som du kan prata med?

– Jag känner mig ganska lugn och jag har en släkting här i Uppsala som jag kan prata med, svarar Ewa.

Catrin och Gunnar avslutar förhöret där, men Gunnar känner att det finns fler saker att fråga Ewa om. De ringer till Kurre Skott och beskriver platsen för kidnappningen och han tänker genast åka dit för en undersökning. Catrin ringer även till vakthavande befälet för att få hjälp av Krimjouren med dörrknackning på platsen.

Gustaf har under tiden hört Per som nästan är i upplösningstillstånd. Per har inte märkt någonting efter det tidigare utpressningsförsöket utan har mer eller mindre trott att faran var över. Per berättar att Ewa först hade ringt till Maria som genast ringde till Per som sedan ringde Gustaf. Han har också funderat lite över utpressarnas avslutning på breven: *Vår Rättvisa.*

Han vet att det finns de som kan ha blivit skadade av läkemedlet innan man hade vidareutvecklat det till nuvarande Bromssyn. Men han kan inte komma på någon konkret person som har hört av sig. Han är nu beredd till vad som helst för att få tillbaka sin Mats.

Utredaren Eriksson hörde Maria och hon hade inte heller märkt någonting särskilt utan känt sig ganska lugn på sista tiden. Kanske att hon vid något tillfälle hade sett en blå skåpbil som kört sakta förbi deras villa, men det var ingenting hon hade reagerat på.

Gustaf går sedan fram till Per och Maria. Gustaf märker att Maria mår dåligt och undrar om hon inte skall kontakta en läkare. Per säger att de har en nära bekant som är läkare och han tänker ringa till honom så fort som möjligt.

– Ni kommer nu troligtvis att få ett telefonsamtal eller brev ganska snart med direktiv. Vi spelar in alla samtal till era telefoner och kommer det ett brev ringer ni oss på en gång. Vi kommer att jobba med alla resurser som vi har, men det är tyvärr kidnapparna som har initiativet, säger Gustaf.

– Jag litar på dig, Gustaf, säger Per.

När Gustaf kommer tillbaka till sitt kontor sent på eftermiddagen, ringer genast telefonen.

– Hej, det är Harry, det är en stressad stämning här i polishuset nu och Linda vill ha genomgång och möte klockan sex. Pressen ligger på för fullt och det är även internationell press som är intresserad.

– Jaha, vi tar väl mötet i lilla konferensrummet och jag försöker kalla en del viktiga personer, svarar Gustaf.

Han ringer sedan till Catrin, Gunnar, Bent, Stina och Kurre Skott. Alla var kvar i polishuset och arbetade för fullt men skulle komma på mötet. Visst ja, jag måste nog ta med Rubenson också, tänker Gustaf. Sedan ringer han hem till Mia.

– Hej Mia, jag kommer att bli sen. Du kanske har hört vad som har hänt?

– Ja, alla pratar om det och det är på alla nyhetskanalerna, svarar Mia.

– Ja, då förstår du hur det ligger till.

– Jag förstår precis och ta det lugnt, Gustaf. Du vet att jag älskar dig, bedyrar Mia som också vet att Gustafs hjärta inte är helt bra.

När alla är samlade i konferensrummet, börjar Gustaf att gå igenom vad som har hänt klockan ett samma dag.

– Har vi hört något från kidnapparna? frågar länspolismästaren Linda.

– Inte ännu, men det kommer, det är jag säker på, svarar Gustaf.

– Vad vi vet nu är att det är minst två personer och att de har tillgång till en blå skåpbil med ett registreringsnummer som börjar på A och slutar på 2. Vi kan nog med säkerhet anta att det är samma personer som ligger bakom utpressningen mot familjen Sund. När krimjouren hörde folk vid Mats skola fanns det några som hade lagt märke till att en blå skåpbil hade kört förbi skolan vid lunchtid tidigare i veckan. Men man hade inga iakttagelser på fabrikat eller annat.

– Vi har en del spår säkrade, eller hur, Kurre?

– Vi har spår säkrade i Nissan och även skoavtryck där vi anträffade Nissan och vid Marias kontor. Vi har säkrat ett intressant däcks mönster där kidnappningen genomfördes. Vi har också slagit på spåren inne i Nissan men utan resultat, säger en något bekymrad Kurre.

– Vi har väl nu fyra olika spår som kan vara av intresse, säger Harry.

– Jag förstår vad du menar, säger Gustaf, och vi kan väl gå

igenom dem. Gängspåret tror jag inte är aktuellt efter vad som har hänt nyligen och då tror jag att vi skulle ha fått in tips.

– Däremot har jag fått in ytterligare tips om att ett av gängen planerar ett grovt rån. Jag tror att det kan bli aktuellt med fysisk spaning tillsammans med telefonavlyssningen, säger Gunnar.

– Mycket intressant, någon får ta tag i det genast, svarar Gustaf utan att riktigt veta hur man skulle orka med det nu.

– Hur är det med Krogligan, Stina? frågar Gustaf.

– Jag tror att vi missade när de tog in ett mindre parti från Polen nyligen, men de har betydligt större narkotikaaffärer på gång. Det är inga antydningar om utpressning eller kidnappning i deras samtal. Det är endast »Chefen« som har pratat om golfrundor med forskningschefen Runar, säger Stina.

– Catrin, hur är det med företagen i Ekeby bruk? undrar Gustaf.

– Jo, det finns ett företag som jag tycker är särskilt intressant. Det är en liten firma som säljer begagnade byggmaskiner till öststaterna. Firman har två anställda, en direktör som heter Bertil Andersson och som förekommer tidigare i brottsregistret för bland annat olaga hot. Han har en anställd som är polsk medborgare och heter Janos. Dessutom skall de ha en person på en ungdomsplats som arbetar där, säger Catrin.

– Det där låter intressant. Du måste undersöka allt omkring personerna och firman. Glöm inte deras bilinnehav.

– Glöm inte att ta hjälp av Kuten, säger Linda som blir påtagligt intresserad.

– Och så har vi mc-gänget Järven, men jag tvivlar på att de håller på med sådant här, säger Gustaf.

– En medlem i Järven sitter anhållen för narkotikabrott, eftersom man hittade ett mindre parti amfetamin i hans bil vid en trafikkontroll, säger Bent.

– Har man gjort husrannsakan? frågar Gustaf.

– Nej, inte vad jag vet, svarar Bent.

– Jag skall prata med Ann Matt, säger Gustaf.

– Vi måste nog anordna en presskonferens för trycket börjar bli för stort på Rubenson och myndigheten, uppmanar Linda.

– I morgon klockan 15 och det ordnar du Rubenson, som Gustaf ger en blick.

– Vi avbryter mötet här om inte någon annan har något, avrundar Gustaf. Jo, en sak till, hela ärendet kommer att registreras i en sökbar databas och det får Marina vid Kuten ansvara över. Jag går också förbi Joelsson och informerar honom.

När Gustaf cyklar hemåt vid niotiden är han trött och längtar hem till Mia. Han ringde henne strax innan han lämnade kontoret och hon verkade lite hemlighetsfull.

– Hej, ropar Gustaf så fort han har öppnat ytterdörren.

– Välkommen hem, svarar Mia.

Gustaf kan då känna den underbara doften av köttgryta med rotfrukter. Mia har dukat upp med hans favoriträtt och en kall lättöl därtill. Mia brukar inte vara nyfiken om vad Gustaf håller på med men nu är hon det. Gustaf får under den underbara middagen berätta lite om fallet Sund för Mia. Han vet att det man säger till Mia är helt vattentätt. Efter att ha lyssnat på Gustaf säger Mia:

– Jag tror att det har någonting med Ekeby att göra.

Gustaf vet att Mia är intelligent och har en analytisk förmåga och han lyssnar därför ofta på hennes åsikter.

– Och så det bästa till sist, säger Mia.

Och så kommer hon fram med Gustafs absoluta favorit till efterrätt, varm hjortronsylt med glass och grädde.

Mitt i den underbara middagen slås Gustaf av tanken att Mia på något sätt har kunnat läsa hans tankar om allt som händer på hans »jobb« just nu. Han vet att Mia har en underlig förmåga att kunna läsa av andra människors tankar.

Efter att Gustaf avnjutit den sena men fantastiska middagen somnar han som en stock strax efter klockan tio. Men Gustaf och Mia får bara sova någon halvtimme innan telefonen ringer och Gustaf lyfter luren.

– Hej, det är Per, de har ringt och samtalet är inspelat, säger en upprörd Per Sund.

– Gör ingenting, jag kommer med en gång, säger Gustaf.

En yrvaken Gustaf pussar Mia på kinden innan han snabbt klär på sig och hämtar bilnycklarna till Mazdan och kör iväg mot Kåbo.

Framme vid Sunds villa ser Gustaf att den är väl upplyst och han hinner också se att en målad polisbil sakta åker förbi villan. Det verkar fungera det här med ökad tillsyn, hinner Gustaf tänka. Han ringer på klockan vid ytterdörren. Både Maria och Per kommer genast emot honom och de ser skärrade ut.

– Kom in, samtalet kom strax efter klockan tio och det var jag som svarade, säger Per.

– Jag förstår, kan vi sätta oss i lugn och ro och avlyssna samtalet?

De går in i ett rum som påminner om ett mindre bibliotek. De spelar sedan upp det inspelade samtalet.

Hej, er son Mats finns hos oss och han mår bra. Följ bara våra
instruktioner så kommer Mats tillbaka till er.

Vår Rättvisa.

Sedan lades luren på. Ett kort men ändå ett konkret samtal
och snart kommer ett brev med krav och instruktioner, tänker
Gustaf.

Både Per och Maria är nästan i upplösningstillstånd och säger
att de är beredda att offra allt för att få tillbaka Mats. Gustaf
förstår dem väl och han börjar känna alltmer för familjen Sund.
Han tar med sig bandet och säger att det var nog viktigt att de
passade posten och telefonen den närmaste tiden. Han lovar
också att polisen gör allt de kan för att lösa det här och att Mats
kommer i första hand för alla som arbetar med fallet.

När Gustaf kommer ut till bilen ringer han först till avlyssnings-
rummet som är bemannat nästan dygnet runt. Han pratar med
Rune som arbetar och ger honom direktiv att söka inkomna
samtal på Marias telefon vid tiotiden samt vilken mast de har
ringts ifrån. Han ringer sedan vakthavande befäl om extra till-
syn kring Sunds villa. Till sist ringer han Harry, som verkar
vaken och pigg som vanligt nu för tiden. Han ger Harry all
information och som Harry sedan tänker vidarebefordra till
Linda. Harry frågar om han har märkt något särskilt med sam-
talet. Gustaf säger då att han tycker att han har hört samma
brytning som förra gången i rösten, men nu skall bandet skickas
till Statens Kriminaltekniska Laboratorium för språkanalys.

Gustaf kör sedan sakta hem i den ljumma sommarnatten mot
radhuset i Luthagen. Det är många tankar som far igenom
hans huvud. Gustaf märker knappt att han möter unga glada

studenter som är på väg hem från olika studentnationer. Hans tankar går först till Mats. Var finns han? Vem är det som gäckar oss så?

Gustaf vet att han är känd för att ha en förmåga att kunna se saker i en utredning som andra inte ser. Han har själv funderat en hel del över detta. Ibland tänker han på sin mor som härstammade uppe ifrån Hälsingland där det ofta pratas om olika myter. Han vet att hans mor hade en förmåga att kunna förutse händelser och hon gjorde honom förvånad många gånger. Ibland så har han inbillat sig att han har ärvt den egenskapen, men samtidigt så vägrar han tro på sådana saker. Man kan säkert hitta andra mer jordnära förklaringar till sådana här fenomen. En sak brukar ändå Gustaf tänka på när det känns som mest mörkt och det är det kinesiska ordspråket »bakom molnen finns det alltid en sol«, och det gör han även nu.

Han känner då att hans hjärta börjar bulta på lite extra. Han stannar bilen och känner med höger hand pulsen på vänster hands insida. Skönt, pulsen slår som en moraklocka. Han vet att om den är oregelbunden då måste han upp till Akademiska sjukhuset och få en elstöt och blir borta i minst ett dygn. Jag har inte tid med några flimmerattacker nu. När han fortsätter färden slås han av positiva tankar. Tänk att ha en sådan underbar fru som Mia hemma. Ibland kan han tycka att det är konstigt att hon älskar en enkel polis som han. Det börjar också att gå bra för grabbens band. Till helgen skall de spela på Club 19 som är en liten gammal klassisk pub i centrala Uppsala. Ibland när Gustaf har velat ha en stund för sig själv har han slunkit in på Club 19. Han har då som mest druckit två starköl och lyssnat på soulliknande musik som han gillar. Men det blir aldrig mer än två starköl för då riskerar han en flimmerattack.

Precis när han stannar bilen hemma i carporten kommer han på att Barcelona har en svår bortamatch i helgen mot Valencia. Matchen sänds som vanligt nu för tiden på tv och det ser han verkligen fram emot.

Direkt när Gustaf kommer till polishuset nästa morgon kallar han på Harry och Bent. Han berättar att han redan har fått svar om telefonsamtalet som hade ringts till Sunds igår kväll och det hade ringts från samma telefon som förra gången. Det hade också gått över Ekeby-Flogsta-masten och de var de enda samtal som hade ringts från den här telefonen.

Gustaf berättar sedan att man hade fått beslut om att få göra husrannsakan hemma hos anhållne medlemmen i Järven, Jonte, och i Järvens lokaler. Det var Ann Matt som hade fattat beslutet, för det hade framkommit i förhören att Jonte hade ett skåp hos mc-klubben där han var medlem. Anledningen till beslutet var att man kunde misstänka att det kunde finnas mer narkotika i de här utrymmena.

– Ni förstår säkert vad det här betyder, säger Gustaf.

– Visst, vi får en gratischans att kontrollera så att inte Mats kan finnas i de här lokalerna, säger Bent.

– Ja, och den måste vi ta även om inte något pekar på att Järven skall ha något med kidnappningen att göra, säger Harry.

De funderar en stund på hur de skall gå till väga taktiskt vid husrannsakan hos Järven. Deras lokal är omgärdad av ett stort

Gunnebostängsel och hela området är bevakat av kameror. Det går alltså inte att smyga sig in och göra en husrannsakan och det är själva överraskningsmomentet man vill ha. I södra Sverige har polisen vid liknande aktioner använt sig av typ bulldozer för att snabbt ta sig in. Men Bent har en annan idé, för i samband med gripandet av Jonte så omhändertog man hans bil och i bilen låg hans mc-väst.

– En av mina spanare får agera Jonte och sätta på sig Jontes väst för att komma in. Vi andra ligger beredda och störtar in så fort de har öppnat för Jonte, det vill säga en av mina spanare.

En strålande idé, tycker både Gustaf och Harry först. Men efter att ha tänkt ett tag till så är båda tveksamma till idén. Kan man verkligen lura sig in så här och använda en mc-väst?

– Vågar man ingenting så vinner man ingenting heller, säger Bent när han ser deras tveksamhet.

Han är mer van att ta den här typen av beslut.

– Okej, vi kör, säger Harry och Gustaf nästan samtidigt.

Bent får sedan i uppdrag att planera inbrytningen och husrannsakan och det ska ske inom de närmaste timmarna.

Precis när Harry och Bent har lämnat Gustafs rum, så stiger Catrin in.

– Hej, jag har fått fram en del lovande saker om Bertil Anderssons byggfirma som för övrigt heter Östkonsult AB, uppger Catrin.

Hon berättar sedan att Bertil Andersson bor i en villa i Norby, som är ett villaområde i västra Uppsala. Han har familj med hustru och tre barn i skolåldern. Han äger en ganska ny BMW. Det verkar som om företaget går ganska bra. Han är tidigare straffad för olaga hot och misshandel, men det var för många år sedan. Catrin har ännu inte fått fram några uppgifter om Bertil Anderssons barn.

– Mycket intressant, säger Gustaf.

Catrin berättar sedan att det har varit svårt att få fram uppgifter kring Janos, men han skall bo ensam i en lägenhet i Flogsta, som är ett studentområde nära utfarten mot Enköping. Det verkar som att han har bott där i några år. Janos härstammar från Vitryssland, men har sedan flyttat till Polen och blivit polsk medborgare. Han är utbildad inom byggindustrin och har även arbetat i Polen som byggjobbare. Han äger en begagnad Skoda.

– Jag har varit kontakt med sambandsmannen i Warszawa som har lovat att försöka ta fram mer uppgifter om Janos, säger Catrin.

– Och den tredje?
– Ja, han heter Joel Berg och har någon form av ungdomsarbete hos firman. Han är 22 år och bor också i ett studentrum i Flogsta. Han är tidigare straffad för stölder och misshandel. Han har ingen bil.

– Är han känd av oss? undrar Gustaf.

– Ja, ungdomsroteln känner till honom och de säger att han är svår och oerhört driven. De är osäkra på om han tillhör något gäng. Han verkar vältränad, men ändock spensligt byggd och är ofta klädd i jeans och någon slags T-shirt. Trots sin kriminalitet verkar han ganska »mjuk« i sättet.

– Mycket bra, Catrin, fortsätt med det här och förresten, har du kontakt med Maria?

– Ja, jag har kontakt med henne flera gånger om dagen. Jag tror att hon behöver det, tillägger Catrin innan hon skyndar iväg. Catrin har märkt att Maria är fruktansvärt ledsen och orolig över vad som har hänt Mats, men att hon ändå försöker att vara »stark«.

Det här var intressant, tänker Gustaf, och så fort vi har gjort husrannsakan hos Järven så skall Bents spanare få börja titta mer på Östkonsult AB.

Bent samlar alla spanare för en genomgång. Han berättar att de har fått ett beslut om husrannsakan hos mc-klubben Järven. En av spanarna har frivilligt tagit på sig uppgiften att sätta på sig Jontes mc-väst och köra hans bil fram till infarten till klubben. Bent säger att man räknar med att klubben kommer att öppna grinden när Jontes bil kommer. Han ger sedan direktiv till de olika patrullerna var de skall vara utplacerade och så fort grinden öppnas skall man köra fram. När man väl kommer in i lokalen, skall man söka igenom den systematiskt och det är främst amfetamin som man skall leta efter.

– Men om ni ser något annat intressant tar ni genast kontakt med mig, säger Bent.

– Finns det narkotikahund med? frågar en spanare.

– Ja, men den kommer att användas i ett senare skede. Vi kommer också att använda oss av några utredare för förhör med personer som kan finnas i lokalen.

– Är det så klokt det här att vi använder Järvens mc-väst? undrar en annan spanare.

– Vi har kommit fram till det här upplägget efter att ha gått igenom flera olika alternativ, svarar Bent.

– Fler frågor? Annars slår vi till om ca en timme på min order.

Det blir en del mummel i kön när spanarna skyndade ner i garaget för att åka i väg.

Efter att alla har intagit sina positioner i närheten av Järvens lokaler så kommer ordern från Bent.

– Nu kör vi, beordrar Bent över radion.

Den unge spanaren i Jontes bil, och med hans väst på, kör sakta fram mot grinden till Järvens område. När han kommer fram tutar han lite försiktigt och ut kommer två stora män i väst och hästsvans. Grinden öppnas sakta och spanaren kör in så fort det finns möjlighet. Bara någon sekund därefter så kommer två spanbilar med hög hastighet och kör in strax bakom Jontes bil innan grindarna stängs.

De två medlemmarna i Järven förstår då vad det är frågan om och ser samtidigt att det är en okänd som sitter i Jontes bil fast med deras väst. De blir ursinniga när de förstår att de har blivit lurade och att en polis sitter med deras väst på. De skriker till spanaren att genast ta av sig västen, vilket han också gör. De verkar inte bry sig om att flera poliser har tagit sig in på deras område, utan det här med att en polis har haft deras väst upprör dem kolossalt.

Bent kommer sedan fram och förklarar att de har ett beslut om en husrannsakan som de tänker genomföra. Männen är hårda i sin attityd men inte otrevliga och menar att det är väl inga problem för de har inget att dölja.

Man genomför husrannsakan och ser att det finns stora platser med fina HD uppställda och en bra ordning i lokalerna. Efter att ha sökt igenom alla rum som tillhör Järven har man endast hittat lite mäsk för hembränning. Man tar även dit en narkotikahund och inte den heller markerar för några fynd.

Några tecken på att Mats skulle finnas i lokalen syns inte och ingenting annat som tyder på att de skulle ha någonting med kidnappningen att göra.

Utredaren Eriksson försöker prata med presidenten för klubben som har kommit till platsen, men han säger inte ett ord mer än han behöver, utan att för den skull vara otrevlig. Han poängterar dock att det här med att använda deras väst kommer nog att leda till anmälan från Järven. Efter några timmar lämnar polisen lokalen utan att egentligen ha hittat någonting. Det fanns dock en sak som var intressant. Man såg att Marcus Ström från Krogligan hade ett eget skåp i lokalen. Det är en intressant koppling, samtidigt som man vet att Marcus är en duktig ekonom som Järven säkert har användning av.

Bent redogör sedan i polishuset inför Gustaf och Harry om husrannsakan. De känner sig inte speciellt besvikna över resultatet. Det var nog vad de hade väntat, men de är lite bekymrade över det här med västen.

– Vet Linda om det här med Jontes bil och västen? frågar Gustaf.

– Jag berättade det för henne innan tillslaget, säger Harry.

– Och vad sa hon då, undrade Gustaf.

–»Det där, Harry, har jag aldrig hört«, och så började hon prata om något annat.

– Jag skall ner till Ann Matt och redovisa resultatet av husrannsakan och hon däremot har aldrig hört om vår taktik, säger Bent innan han skyndar iväg.

– Bent, jag vill tala med dig efter presskonferensen, ropar Gustaf efter Bent.

Både Gustaf och Harry förstår att det här kommer att bli ett senare problem för dem, men nu har de andra saker att tänka på.

De börjar planera för presskonferensen som skall hållas klockan 15 och de vet att intresset för den är enormt stort.

Sedan kommer de överens om hur mycket de skall lämna ut och bestämmer att det är Reidar Rubenson som får leda konferensen eftersom han är Uppsalapolisens presstalesman. Reidar Rubenson brukar oftast kallas RR och är en mycket duktig och omtyckt person, men först tänker Gustaf ringa till Rikskrim.

Gustaf har under åren ofta haft kontakt med Rikskrim, som de kallas i vardagsspråket. Han har därför fått många goda vänner där, som han håller kontakt med. Gustaf anser att de flesta poliser som arbetar vid Rikskrim är kompetenta och han har länge tyckt att man skall förstärka Rikskrim så att det blir något svenskt så kallat FBI.

Han ringer nu först till Palle som arbetar med gärningsmannaprofiler. Palle och Gustaf arbetade tillsammans i utredningen om en seriemördare och där Palle hade en avgörande betydelse för hela utredningen.

– Hej, det är Gustaf i Uppsala.

– Hej, Gustaf, jag förstår att du har det stressigt och jag förstår vad du vill, svarar Palle.

Gustaf och Palle diskuterar sedan igenom Sundärendet och kommer överens om att Palle först lite informellt skall börja titta på gärningsmannaprofilen i ärendet.

– Man kanske kan dra vissa slutsatser av att man skickar vanliga brev till Sunds. Borde man inte ha använt en modernare teknik i stället? undrar Gustaf.

– Jo, man kan tycka att de skulle ha använt sig av e-post eller någon form av anonymiseringstjänster ihop med internetcaféer istället.

– Varför har man inte gjort det?

– Det kan vara så att gärningsmännen inte behärskar den tekniken eller så kan man trots allt vara rädd för att bli spårad i den moderna tekniken och då är det säkrast att skicka ett vanligt brev, svarar Palle.

Gustaf är nöjd med samtalet.

– Förresten, hur går det med fotbollen? frågar Palle, som också är intresserad av fotboll och spel på matcher.

– Ja, du vet, det blir en del småvinster ibland, avslutar Gustaf samtalet.

Gustaf ringer sedan sin vän Tore vid Rikskrims Kriminalunderrättelsetjänst och han är lika positiv till att hjälpa till som Palle. Han tänker kontrollera tipsflödet och gamla ärenden.

– Jag sätter en av mina duktiga analytiker på det här, försäkrar Tore.

Det sista samtalet ringer Gustaf till Ante vid källdrivningen. Ante är den mest pålästa i landet när det gäller källdrivning och Gustaf vänder sig ofta till honom när det kan bli problem med sådana ärenden. De har också med hjälp av Antes utmärkta hanterare drivit en del ärenden som har blivit framgångsrika.

Gustaf var tidigare lite tveksam till det här med källdrivning, det vill säga hanteringen av informatörer, men han har efter hand insett att det är ett måste om polisen skall ha någon chans att bekämpa den grova och organiserade brottsligheten. Därför var han också beredd att ta ansvaret över den här verksamheten. Han tycker att det fungerar bra med specialutbildade poliser som hanterare. Hanteraren har ansvaret över sina informatörer och måste hela tiden göra riskbedömningar så att det inte händer informatören någonting. Polismän som arbetar som hanterare måste ha en hög etik och moral. De måste alltid följa de regler och praxis som finns och inte gå sina egna vägar. Hanteraren kan och får med hjälp av informatören provocera fram bevis för att kunna visa på riktningen i en avancerad brottsutredning, men man får inte provocera fram brott för att lösa annat brott. Gränsdragningen mellan brotts- och bevisprovokation kan ibland vara hårfin. Gustaf vet att hanterarna med hjälp av sina informatörer ofta är de som pekar ut riktningen i stora ärenden. Att vara hanterare är kanske både det svåraste och farligaste jobbet inom polisen i dag.

– Hej, Ante, nu behöver jag all hjälp jag kan få, börjar Gustaf.

– Det här fixar du, och jag skall gå ut med ett meddelande till hela landet och söka information i ditt ärende.

– Tack det låter bra. Jag åker väl ner till er i Stockholm och hälsar på när det här är över och då skall jag bjuda på lunch, utlovar Gustaf.

Man har förberett för presskonferensen i stora aulan, som är belägen i bottenplanet i det relativt nya polishuset. Det är Reidar Rubenson som leder det här arbetet, som han verkligen kan. Reidar som är en fridens man och älskar att resa till England. Han brukar då i första hand besöka London och hans favoritplats där är National Army Museum eftersom han är intresserad av Englands krigshistoria.

Efter en mindre diskussion har man kommit fram till att det är fyra personer som skall sitta framme vid podiet och försöka svara på frågorna. Det blir Gustaf, Harry, Reidar Rubenson och länspolismästaren Linda Rosmyr.

När klockan närmar sig 15 är det fullt i aulan. Det är en stor mängd journalister och en del är även från utlandet. Både svensk television och TV4 är också på plats med sina kameror.

Exakt klockan 15 öppnar Rubenson konferensen och lämnar sedan ordet till Harry, som gör en sammanfattning av vad som har hänt i ärendet, därefter är frågan fri.

Journalisterna är ivriga och börjar med att prata i mun på varandra. Men den väntade frågan kommer naturligtvis först.
– Har kidnapparna tagit någon kontakt med familjen Sund?

– Vi kan inte svara på det just nu av olika anledningar, svarar Gustaf.

– Varför då? kontrar journalisten.

– Därför att det viktigaste för oss är 7-årige Mats säkerhet och därför kan vi inte lämna ut all information, svarar Gustaf.

Sedan kommer en rad av frågor som Gustaf och Harry hjälps åt med att svara på så gott de kan. Det här är en del av dessa frågor.

– Vad gör polisen nu?

– Har ni någon misstänkt?

– Varför har ni inte berättat om den tidigare utpressningen?

– Har familjen Sund skydd?

– Lever Mats?

– Var tror ni att han finns?

– Krav från kidnapparna?

– Har ni förhandlare?
– Är Rikskrim kontaktad?

Länspolismästaren sätter sedan punkt för konferensen med att säga att all information i fortsättningen kommer att gå via Reidar Rubenson.

– Vi andra måste satsa alla våra krafter på att lösa det här fallet och rädda Mats, säger hon med stort allvar i rösten.

Tv-bolagen vill sedan ha egna intervjuer med Gustaf och Harry, men båda avböjer vänligt men bestämt.

Gustaf hinner knappt komma tillbaka till sitt rum innan Bent står i dörrhålet.

– Kom in och sätt dig, jag vill gå igenom en del saker med dig, säger Gustaf.

Gustaf repeterar sedan hela ärendet tillsammans med Bent, som lyssnar vaket, som alltid. Gustaf menar att från början såg han fyra möjliga grupper som gärningsmän och det var Krogligan, gängen, mc-relaterat och ensam gärningsman.

– I dag tror jag att vi kan plocka bort mc och gängen med tanke på vad vi har kommit fram till.

– Jag håller med, säger Bent, men resten?

– Krogligan kan vi inte plocka bort helt och det vore inte helt fel att ha lite yttre spaning på dem, men det andra spåret är mer intressant.

– Jag menar att Ekebyspåret är mest intressant och då menar jag främst Östkonsult AB, säger Gustaf.

– Finns det några konkreta bevis? undrar Bent.

– Nej, men det finns intressanta indicier. Vi har Nissan som hittas där. Telefonsamtalen som kommer ifrån området. Janos som är polack och kan ha öststatsbrytning. Vd:n för Östkonsult AB,

Bertil Andersson, har tre barn som ännu inte är kontrollerade med tanke på uttrycket *Vår Rättvisa,* men det där håller Catrin på att kolla upp. Joel Berg, som har ett kriminellt förflutet, är inte helt fel när det gäller signalementet på kidnapparen.

Gustaf går sedan igenom vad som har hänt med Nissan och framför allt Östkonsult AB. Han går igenom bilar och adresser och att det fattas en blå skåpbil.

– Jag vill att du och dina spanare börjar kartlägga och spana på de här tre personerna vid Östkonsult AB. Kontrollera om det finns något garage till Östkonsults lokaler och försök att fota alla tre i firman.

– Jag tror att du är helt rätt ute, svarar Bent, men förresten, har du talat med säkerhetspolisen?

– Jag skall göra det nu, svarar Gustaf som har glömt att ta kontakt med SÄK.

– Jag samlar mina gubbar och har en genomgång, sedan kör vi igång direkt och det här har högsta prioritet. Och förresten, hur blir det med övertiden i dessa besparingstider?

– Vi pratar inte övertid i det här ärendet utan kör för fullt så länge ni orkar, konstaterar Gustaf.

Gustaf känner sig bra till mods efter samtalet med Bent. Det har nu gått ett dygn sedan kidnapparna slog till och inget har hörts. Det kommer ett brev i morgon, tänker Gustaf innan han slår igen dörren till kontoret. I dag tar han nog vägen förbi tobaksaffären innan han åker hem för han tycker att de har en bra spelidé i Upsala Nya Tidning idag.

187

När Gustaf kommer till polishuset nästa dag känner han sig ovanligt utvilad och pigg. Förmodligen beror det på att han och Mia efter Aktuellt gick till sängs och han hade somnat på en gång. Naturligtvis blir han också berörd av att kidnappningen av Mats som är första nyheten i nyhetsprogrammet.

Han har inte varit på kontoret i många minuter innan telefonen ringer.

– Hej, det här är Ola från Warszawa.

Ola arbetar som sambandsman och Gustaf känner honom sedan de gick en kurs tillsammans i England för ett antal år sedan.

– Hej, vad bra. Har du fått fram något? frågar Gustaf nyfiket.

– Ja, det kan man säga. Lyssna noga nu, Gustaf, för jag tror att du är rätt ute. Janos Boniak har suttit i fängelse för en rad våldsbrott i Vitryssland och det skall vara en riktig hårding. Han har tidigare haft koppling till den ryska maffian, men man är osäker på det nu sedan han har flyttat till Sverige.

– Tack för all hjälp. Det här var intressant, menar en nöjd, men något orolig Gustaf, som sedan genast underrättar Harry och Catrin om samtalet.

Gustaf ringer sedan till SÄK och pratar med chefen för Uppsalaregionen om ärendet och framför allt Östkonsult AB.

Det visar sig att man känner till Östkonsult och även har haft en del tips om deras verksamhet i Polen. Men mera än så kan han inte säga. Konstigt att de måste vara så hemlighetsfulla jämt, men de har väl sina skäl, tänker Gustaf.

Gustaf är precis på väg att gå ut och ta sin lunch på Karl Johans Gårdarna när telefonen ringer.

– Hej, det är Per, vi har fått ett likadant brev som förut.

– Gör ingenting, vi kommer så fort vi kan, svarar Gustaf.

Han ringer genast upp Catrin, som sitter och äter sin matlåda i polisens matsal. Hon ska leta upp Gunnar och åka på en gång. Hon förstår genast vad det gäller och att det är bråttom.

Hon hittar Gunnar inne på hans rum, där han som vanligt sitter och äter sina smörgåsar. Man kan undra varför han inte äter riktig mat istället. Det vore nog inte helt fel om det kom in en ny kvinna i Gunnars liv. En kvinna skulle kunna ge honom kärlek och sex, vilket han säkert behöver. Det får inte vara så att han försöker ersätta allt det där väsentliga med kärlek till flaskan, tänker Catrin.

Catrin har numera en stor vana att köra snabbt till Sunds villa i Kåbo. Det är Per som öppnar ytterdörren och det var han som hade passat på brevbäraren. Även Maria är hemma, liksom barnflickan och Jenny. Catrin förstår att ingenting kan fungera som normalt i den här stackars familjen längre. Hon ser genast att det måste vara ett brev från kidnapparna.

– Jag vill att du öppnar brevet här och nu, säger Per bestämt.

– Nej, jag kan inte, vi måste öppna det på tekniska roteln så att vi inte förstör några spår, men jag och Gunnar kommer genast hit efter det och berättar om vad som står i brevet, svarar Catrin.

Per nöjer sig med det och Catrin kör med högsta fart till polishuset.

På tekniska väntar redan Gustaf och Harry tillsammans med Kurre och Rita.

Rita börjar öppna kuvertet lika proffsigt som vanligt och sedan tar hon fram brevet och tänker läsa högt. Allas blickar är nu riktade mot Rita och stämningen är dov och nervös. Gustaf märker att Rita darrar på handen, något som hon aldrig brukar göra annars. Rita börjar sedan läsa högt men med något darrig stämma:

Er son Mats mår bra än så länge. Men Vår Rättvisa kräver att Ni skall betala 50 miljoner kronor för att få honom tillbaka.

Vi återkommer per telefon och vill ha ert svar.

Vår Rättvisa.

– Det här är ju fruktansvärt, säger Harry och alla nickar.

Gustaf och Harry kommer överens om att Gustaf följer med Catrin och Gunnar tillbaka till familjen Sund. Harry går och informerar länspolismästaren Linda om det svåra läget som man har hamnat i.

Det är Catrin som kör bilen, lika säkert och vant som alltid, men alla tre sitter tysta under färden till familjen Sunds villa i Kåbo. Ärendet har fått en otäck utveckling och fortfarande famlar man lite i ingenmansland. Det är kidnapparna som har initiativet.

Per öppnar dörren och han ser skärrad och nervös ut. Han kan säkert också läsa av ansiktsuttrycken på de tre poliserna att de ser bekymrade ut.

Maria har med hjälp av Ewa förberett med kaffe inne i biblioteket. Det är Gustaf som börjar samtalet.

– Jag tänker läsa upp exakt vad som står i brevet, till att börja med.

Catrin ser hur Per och Maria blir alldeles bleka när Gustaf läser upp innehållet i brevet. De tar varandra i hand och tårarna börjar rinna efter Marias kinder.

– Men så mycket pengar har vi inte, säger Per förtvivlat.

– Men vi måste få tillbaka Mats, snyftar Maria.

– Vi kan högst få fram halva den där summan innan vi hinner sälja av våra egendomar, säger Per.

– Jag lovar att på något sätt skall vi få fram de här pengarna även om det kommer att ta några dagar, säger Gustaf.

– Vet ni något om kidnapparna? frågar Per.

– Ja, jag tror att vi börjar närma oss dem i snabb takt nu, säger Gustaf och Catrin nickar. Och det är tack vare Catrin och Gunnars arbete.

De sitter sedan och pratar en ganska lång stund vid kaffet. Det är många frågor som Per och Maria vill ha svar på i sin förtvivlan över att Mats är kidnappad. De tre poliserna hjälps åt att svara så gott det går och de måste hela tiden tänka på att vara positiva men ändå realistiska i sina svar. Gunnar går iväg för ett toalettbesök och stöter då ihop med Ewa och Jenny. Han börjar prata lite allmänt med Ewa om hur hon trivs och så vidare. Hon svarar väldigt klokt, med stadig blick och verkar också bry sig mycket om barnen i familjen. Han får ett bra intryck av henne.

– Vad skall vi svara om han ringer igen och frågar om vi har pengarna? frågar Per.

– Svara som det är, att vi inte har pengarna ännu och att vi försöker få fram dem så fort som möjligt, men att det kan vara svårt att få fram så mycket pengar snabbt, svarar Catrin.

Innan poliserna lämnar villan, frågar Catrin om Maria behöver hjälp med något nu. Maria svarar att hon vill att Catrin skall fortsätta och ringa till henne varje dag. Catrin svarar naturligtvis ja och hon känner att Maria har ett stort förtroende för henne. Catrin känner sig hedrad men att hon har ett stort ansvar, så att inte Maria kommer att bli besviken på henne.

Catrin känner också för Maria och att de har massor av saker gemensamt trots att de lever i så olika miljöer. Catrin känner också att både hon och Maria har förändrats under det här ärendets gång och att det som har vuxit fram emellan dem är mycket starkt.

De tre poliserna sätter sig sedan i den civila polisbilen och åker lika tysta tillbaka till polishuset. Konstigt att alla hus som de passerade såg mörka och spöklika ut. Att man kan bli så påverkad av sin sinnesstämning att till och med omgivningen ändrar utseende. Det känns svårt nu, men vi måste lösa det här, tänker Gustaf innan de åker in i garaget. Han inser också att han måste rådgöra med Harry och Linda om fortsättningen. Han börjar känna sig pressad och det är just tidsfaktorn som börjar kännas jobbig. De har ingen tid att förlora.

Gustaf och Harry sitter på länspolismästarens fina tjänsterum och väntar medan hon slutför ett telefonsamtal.

– Vad gör vi? frågar Linda.

Gustaf går noggrant igenom spaningsläget och kidnapparnas krav. Han är nu ganska säker på att det så kallade Östkonsultspåret är det rätta och nästan hela utredningen och spaningen är just nu koncentrerad på detta. Men problemet är att man behöver lite mer tid för att vara helt säkra och det viktigaste är att lokalisera var Mats befinner sig. Gustaf anser att de inte kan göra något ingripande förrän de vet var Mats är gömd och kan rädda honom. Både Harry och Linda håller med Gustaf i hans tankegångar.

Ett annat problem är att få fram pengarna till kidnapparna, eftersom Sunds bara kan få fram halva summan.

Ännu en fråga är hur man har tänkt ta emot så mycket pengar. Linda poängterar att man inte får spara på några resurser utan man måste satsa allt för att lösa det här. Gustaf går återigen igenom allt han har gjort i ärendet och varken Linda eller Harry kan komma på något ytterligare.

Sedan säger Linda att hon varit i kontakt med chefen för Rikskriminalen, Jonny Lind, och han ville att de skulle träffas på polishuset i Stockholm i dag på eftermiddagen. Förmodligen kommer också Rikspolischefen Erik Häggström att vara med. Häggström skall också tala med justitieministern Sundman om han skulle vara intresserad av att vara med.

– Jag vill att du, Harry, också följer med.

– Jaha, då är det väl lika bra att jag kör fram din bil ur garaget på en gång.

Gustaf känner sig på intet sätt åsidosatt utan allt är i sin ordning. Samtidigt vet han att Jonny Lind och Linda ofta har haft kontakt det sista året angående Krogligan. Han har en känsla av att Lind tycker att Linda har gått lite för hårt fram och försökt hjälpa henne med att ta bort fokuset från henne och få det åt ett annat håll. Ibland har han även fått en känsla av att Häggström och Sundman var inblandade i den här processen.

Framme i Stockholm träffar Harry och Linda Rikskriminalens chef Jonny Lind i hans tjänsterum och där finns även rikspolischefen Häggström. De känner sig välkomna och väntade. Det dröjer inte länge förrän även justitieminister Sundman också dyker upp.

Harry gör sedan en föredragning av hela ärendet och poängterar naturligtvis det sista brevet från kidnapparna. Både rikspolischefen och justitieministern ser allvarligt på ärendet. Häggström säger att de kan begära hjälp från Rikskrim och annat håll om det behövdes och Jonny Lind nickar naturligtvis. Sundman säger att han ska höra med resten av regeringen om man kan bistå med de 25 miljoner som fattas. Han menar väl statsministern, tänker Harry, som han vet är den som bestämmer i nästan allting. Finansieringen av de här pengarna kan man lösa senare, enligt Sundman.

Både Harry och Linda är nöjda med resan till Stockholm. Harry ringer upp Gustaf och berättar om resultatet. Gustaf tycker också att det är bra, men han förstår samtidigt att nu gäller det att få fram pengarna snabbt. Är det så som Gustaf har börjat misstänka, att ryska maffian kan ha ett finger med i det här, då kan vad som helst hända.

När Gustaf sitter och funderar som mest och tittar ut från sitt tjänsterum kan han se att många ungdomar ligger och solar vid de nya bryggorna utefter Fyrisån. Det är fantastiskt så vacker staden håller på att bli, hinner han tänka innan det knackar på dörren.

Det är Bent som står i dörröppningen och ser ivrig ut.

– Hej, Gustaf, nu har jag en del att berätta, säger han.

Bent berättar att spaningarna mot Östkonsult har givit en del resultat.

– De har sett att Bertil Andersson åker direkt från villan i Norby till sitt kontor i Ekeby och sedan direkt hem efter avslutat arbete. Janos, som bor på Flogstavägen, har vid ett tillfälle hämtat upp Joel, som bor på Sernanders väg. De åkte då i Janos Skoda. När de kom fram till Ekeby steg Janos ur bilen och Joel tog hans plats. Han åkte sedan ensam iväg i bilen på riksväg 272 mot Gysinge. När han kom fram till avtagsvägen mot Svensk bilprovning så svängde han in där och körde runt ett antal varv i rondellen vid återvändsgatan. Mina spanare var då tvungna att släppa för att inte bli avslöjade. De såg att han sedan körde upp på 272 och körde åt Gysingehållet med hög fart.

– Det där låter intressant, inflikar Gustaf.

– Ja, men det kommer mera.

Han fortsätter med att man har hittat ett garage till Östkonsult som ligger direkt under kontoret, men det är omöjligt att se in i det. Dörren är nästan att jämföra med en pansardörr och med ett flertal lås. Bent anser att det inte går att ta sig in via dörren om man inte har tillgång till koder och nycklar. Några andra fastigheter äger inte Östkonsult och inte heller någon av de tre som arbetar där.

– Vad kan det finnas där inne?

– Den blå skåpbilen eller Mats. Kanske båda, säger Bent.

– Men hur löser vi det här? frågar Gustaf.

– Jag tar med mig två spanare och så tänker jag lösa det i natt, svarar Bent.

Jag får väl säga som länspolismästaren, »det där har jag aldrig hört«, tänker Gustaf.

– Vi har också lyckats fota alla tre vid olika tillfällen.

– Toppen, utropar Gustaf. Vi måste få fram fotot på Janos omedelbart.

– Du, Gustaf, jag tror att jag har kommit på något viktigt, säger Bent och ser både glad och bekymrad ut på samma gång.

– Vad kan det vara? frågar Gustaf nyfiket.

– Som du säkert vet håller jag på att träna ungdomar i judo på min fritid och nu har jag även startat en grupp för ungdomar som har handikapp. Och när jag såg Bertil Andersson första gången vid våra spaningar kom jag på att jag hade sett honom förut. Jag vet nu att jag har sett honom vid vår träningslokal vid ett tillfälle.

– Vad intressant, utbrister Gustaf.

– När jag sedan började tänka efter kom jag på att han var där för att hämta sin son från min handikappträning. I vanliga fall brukar det vara mamman som hämtar sonen och hon är mycket trevlig. Båda verkar bry sig mycket om sonen.

– Vad har sonen för handikapp? frågar Gustaf nyfiket.

– Jag tror att det är något medfött handikapp så han har begränsad rörlighet, men han är duktig och charmig på alla sätt, svarar Bent. Hur skall jag göra nu?

– Vet de om att du är polis?

– Jag tror det, men är inte helt säker.

– Vi kan i nuläget inte göra så mycket utan fortsätt som vanligt med träningen, men ännu en viktig pusselbit kan ha fallit på plats, svarar Gustaf.

– Och så var det en sista sak, säger Bent.

Han berättar att hans spanare hade mött Erik Svensk och »Chefen« i Svensks bil. De hade då frågat Bent om de fick följa efter ett tag.

– Jag vet att det är dumt när vi har ett pågående narkotikaärende, men samtidigt är det så viktigt det här med kidnappningen. De fick följa efter, för tanken var att de skulle hamna på någon intressant adress. Men jag tror att de blev avslöjade ganska snart, och då åkte Svensk bara ifrån grabbarna med sin stora BMW.

När Bent är färdig säger Gustaf:

– Du och dina grabbar gör ett fantastiskt bra jobb.

Det dröjer inte länge efter det Bent har lämnat Gustafs rum, innan telefonen ringer.

– Pettersson vid polisen. Jag hörde att ni följde efter »Chefen« i dag. Är han misstänkt för någonting?

– Nej, inte vad jag vet, svarar Gustaf samtidigt som han tycker att det var en lite märklig påringning.

Han tar sedan kontakt med Stina på avlyssningen för att höra om det hade varit några reaktioner på efterföljandet av »Chefen«. Stina sa att de bara hade haft roligt åt att de körde ifrån Uppsalapolisen. De är helt inne i sina narkotikaaffärer med Polen och gjorde ingen koppling till att spanbilarna låg efter dem ett tag.

Innan Gustaf åker hem ringer han på Catrin, som snabbt infinner sig på hans rum. Han pratar lite om det senaste som har hänt och undrar om hon och Gunnar kan åka till bilförsäljaren i Stockholm och visa ett foto på Janos.

– Varför skall vi visa just honom fotot? frågar Catrin.

– Efter att ha sett fotot på Janos så tror jag att han var omaskerad då han träffade bilförsäljaren, till skillnad mot de andra tillfällena. Sedan har det inte så stor betydelse för utredningen för vi kan endast binda honom till bilen som försvann.

Catrin tycker nu likadant som Gustaf och tycker att det skall bli spännande att få visa fotot för bilhandlare Persson. Hon skall först bara ringa för att kontrollera att han finns på plats och sedan hämta Gunnar.

Gustaf lämnar kontoret för att cykla hem via tobaksaffären, och nu känner han sig lite stolt när han går in i tobaksaffären, för hans spel på Barcelonas sista match hade gått in och han kunde hämta ut en rejäl summa pengar. Och som väntat blev han gratulerad av ägaren till tobaksaffären som alltid blev så glad när Gustaf hämtade ut sina vinster. Tobakisten visste att Gustaf inte vann precis varje dag.

Gustaf har inte bråttom hem den här regniga eftermiddagen, för Mia har åkt på en konferens till Åland med andra kirurger vid sjukhuset och kan väntas komma hem först i morgon kväll.

Jag tar väl och steker upp lite av varje som vi har i kylskåpet med en lättöl därtill, tänker Gustaf och känner hur hungrig han blir.

Han hinner inte vara hemma många minuter innan det första telefonsamtalet kommer. Det är Catrin som ringer från Stockholm.

– Bilhandlare Persson var nästan helt säker på att det var Janos som var den som skulle provköra Nissan, säger Catrin märkbart nöjd.

– Vad bra, vi får prata mer i morgon. Jag tänker äta min middag nu.

– Vad blir det då för gott? frågar Catrin lite nyfiket.

– Det blir falukorv med ägg och stekt potatis.

Nu är Gustaf säkert ensam hemma, tänker Catrin innan hon slutar samtalet och samtidigt slås hon av tanken att någon gång få bjuda Gustaf på middag som hon har lagat.

Gustaf börjar inse att han måste prata tvångsåtgärder med chefsåklagare Joelsson i morgon för nu börjar det bli så mycket på de här personerna, men det stora problemet är Mats och hans säkerhet.

Gustaf tittar ut genom vardagsrumsfönstret och ser att regnet har slutat och att solen skiner varmt. Han kommer att tänka på att ikväll skall det vara en så kallad Elvisafton på Parksnäckan. Det skall vara flera olika artister som skall sjunga låtar från Elvis repertoar. Eftersom Gustaf alltid har varit ett Elvisfan, bestämmer han sig för att ta cykeln och trampa ner till Parksnäckan.

Det känns underbart att cykla i den varma sommarkvällen. Först den vanliga turen genom Luthagen och sedan kommer han fram till Domkyrkan på höger sida och Upplandsmuseet på den vänstra bredvid Saluhallen. Där har man gjort en ny trevlig park och en trappsluss för att fisken skall kunna ta sig upp för Kvarnfallet. Gustaf stannar varje gång han passerar den här slussen, men än har han inte sett någon asp, en fisk som är Upplands landskapsfisk. På andra sidan ån vid Kvarnfallet ligger Centralbadet och där brukar Gustaf gå och simma en gång i veckan under vinterhalvåret. Det är en oas för vuxna som vill motionssimma.

Gustaf cyklar vidare efter ån in i en blommande Stadspark där Parksnäckan ligger med sin utomhusscen. Det är en enkel anläggning, med träbänkar som publiken får sitta på, men oj så fint en sådan här sommarkväll trots lite duggregn. Det blir mycket folk och en bra föreställning för alla Elvisfans.

Efteråt tar Gustaf cykeln för att cykla hemåt, men då han ser de lockande uteserveringarna intill Islandsfallet bestämmer han sig för att ta en öl innan hemfärden. När Gustaf står vid disken och beställer en öl hör han någon ropa.

– Hej Gustaf, kom hit och sätt dig.

Gustaf får syn på en grupp poliser från ordningsavdelningen som sitter där och verkar fira något. Gustaf går och sätter sig med poliserna, som är unga. De frågar först lite diskret om hur det går med utredningen kring Mats, men snart börjar man prata om andra saker. Gustaf dricker ur sin öl och tycker att det känns bra att få prata med unga kolleger som tror på framtiden och vill så mycket. När han cyklar hemåt känner han sig verkligen stärkt efter den här utflykten och han kommer hem precis till 22-nyheterna.

Efter att ha sett 22-nyheterna går Gustaf till sängs och somnar genast. Han har bara hunnit sova i en dryg halvtimme innan telefonen ringer.

– Hej, det är Per. Nu har jag fått ett nytt telefonsamtal.

– Kan du spela upp det i telefonen, frågar Gustaf yrvaket.

– Ja, det går nog bra och det blir väl enklast så, svarar Per.

– *Per Sund.*

– *Har du fått fram pengar?* frågar samma röst som vid de tidigare tillfällena.

– *Nej, inte hela beloppet ännu. Det var så stort så att det tar några dagar, men det kommer snart,* säger Per.

– *Du får nog skynda på nu för det börjar bli bråttom.*

– *Hur är det med Mats?* frågar Per ängsligt.

– *Än så länge är det bra. Men vi kommer med direkta direktiv snart och följs de så släpps Mats. Det är Vår Rättvisa,* avslutar mannen samtalet.

Gustaf är inte förvånad över tonen i samtalet, som blir allt hårdare och snudd på desperat. Han förstår alltmer att man kämpar mot tiden och att det gäller ett människoliv. Ett barns liv, vilket gör allting till en mardröm.

Gustaf informerar Per om allt som han kan informera honom om och säger att han nu är mer optimistisk än tidigare. Han säger också till Per att om mannen skulle ringa igen och fråga om pengarna, så skall han svara att de är klara i morgon. Gustaf säger sedan, innan han slutar samtalet med Per, att Catrin och Gunnar kommer och hämtar inspelningen tidigt i morgon bitti.

Gustaf får svårt att somna om. Han blev illa berörd av samtalet och han går igenom hela ärendet igen i huvudet. Jag får inte ha missat någonting, tänker han, innan han somnar efter några timmar.

Gustaf hinner bara sova några timmar innan han åter väcks av telefonen. Vem är det som ringer klockan fyra på morgonen, tänker han innan han svarar.

– Gustaf, svarar han nästan halvt medvetslös.

– Bent här, hörs en ekorrpigg röst. Nu har det hänt grejer.

– Berätta, säger Gustaf, som blir klarvaken på en gång och sätter sig upp i sängen.

– Vi vet vad som finns i garaget, börjar Bent. Där står en blå skåpbil med nedsmutsade registreringsskyltar, men man kan se att numret börjar på A och slutar på en tvåa.

– Det är en bingo, utropar Gustaf. Fanns det något mer?

– Nej, ingen levande människa i alla fall, det är jag säker på.

Men i ett litet sidorum kunde vi se två madrasser på cementgolvet och på madrasserna låg det dessutom två sovsäckar. Jag fick uppfattningen att några människor helt nyligen hade använt sovsäckarna.

– Förresten hur kunde du se det här?

– Gustaf, vet du inte att jag kallas för Stålmannen, svarar Bent skrattande.

Gustaf förstår att han inte skall fråga något mera utan tackar Bent och säger att de skall åka hem och sova ut så träffas de på Gustafs kontor i morgon. Bent talar om att de andra spanarna finns på plats tidigt i morgon bitti för att följa de tre från Östkonsult.

Nu försöker Gustaf inte ens att somna om. Han vet nu att man är helt rätt ute och kan få tvångsåtgärder. Men var befinner sig Mats och hur skall man kunna överlämna 50 miljoner kronor?

Nästa morgon samlas de i det lilla konferensrummet. Gustaf känner sig inte utvilad utan är rejält trött.

Jag borde nog ha tagit ett par koppar kaffe till innan mötet, tänker han.

Länspolismästaren Linda strålar som alltid på morgnarna, precis som hon skulle ha vunnit högsta vinsten varje natt.

Gustaf går igenom vad som har hänt det sista dygnet och säger att han nu är helt säker på att Östkonsult ligger bakom utpressningen och kidnappningen av Mats. Men det är svårt att veta vilka roller de tre personerna exakt har i det här dramat, men Gustaf tror att alla på något sätt är inblandade.

– Men Krogligan då? undrar Linda.

– I det här fallet tror jag inte att den är inblandad. Det är ingenting i våra spaningar eller i den övriga utredningen som pekar på det, svarar Gustaf.

Gustaf informerar sedan om att han tänker gå ner till chefsåklagare Joelsson och försöka få tvångsåtgärder mot alla tre på Östkonsult AB.

– Men det stora problemet nu, är att vi inte vet var Mats kan finnas och det måste vi veta innan vi slår till. Vi måste därför satsa allt på att försöka lokalisera Mats.

– Kan inte vägen bort mot Gysinge vara intressant, säger Gunnar.

– Absolut, jag har tänkt samma tanke, säger Gustaf. Jag skall ge Bent instruktioner när han har vaknat till och kommer till jobbet.

– Kom ihåg att nu är det bråttom, säger Linda lite otåligt. Men pengarna är nu framme. Jag har fått klartecken från självaste justitieministern.

Då ringer telefonen i konferensrummet och Harry svarar.

– Det är en flicka i receptionen som heter Ewa och hon vill absolut tala med Gunnar och Catrin.

Alla tittar på varandra och sedan lämnar Gunnar och Catrin rummet. Nere vid receptionen känner de genast igen barnflickan Ewa. De åker upp till Catrins rum utan att säga någonting. Ewa verkar lugn och samlad. Hon säger att det är något hon vill berätta, men hon vet inte om det har någon betydelse.

Hon börjar med att tala om att efter att hon hade fått arbetet i Uppsala hos familjen Sund fick hon veta att hennes mamma hade en kusin som bodde här i Uppsala. Han heter Janos Boniak och bor i Flogsta och skulle jobba på ett byggföretag ute i Ekeby.

Efter att Ewa hade varit i Uppsala någon månad tog han kontakt med henne. Hennes mamma hemma i Polen tyckte inte om den här kontakten eftersom hon visste att Janos hade varit kriminell. Ewas mamma hade berättat för henne om Janos. Janos hade varit mycket duktig i idrott och klarade skolan bra. Men Janos hade sedan, av någon anledning som mamman inte kände till, börjat bli mobbad i skolan. Han hade då under en tid känt sig ensam och sökt sig till nya kamrater. Mamman tror att det var på det sättet som han kom i kontakt med personer/kamrater som hade anknytning till den ryska maffian. Eftersom Janos var en intelligent person så kunde man ha nytta av honom på många sätt.

Men trots mammans varningar så har Ewa haft kontakt med Janos eftersom hon inte kände någon annan person i Uppsala. De har sedan haft telefonkontakt och träffats några gånger ute på stan. Janos har alltid varit trevlig mot Ewa och har bjudit henne på olika saker. Men nu när det började hända så här hemska saker blev Ewa fundersam över Janos. Det är främst att han hela tiden har frågat massor om familjen Sund. Det som har gjort henne mest fundersam var det som hände samma dag som kidnappningen av Mats. Precis när Ewa stod vid Kullaskolan och väntade på Mats så ringde Janos. Han frågade då ifall hon tänkte gå samma väg hem som hon brukade.

– Jag kanske borde ha tänkt på det här tidigare och berättat, säger Ewa.

Catrin säger att det inte var så lätt att förstå och att hon nu berättade det här var mycket bra. Hon säger också till Ewa att försöka undvika Janos den närmaste tiden. Ewa verkar nöjd med samtalet men säger »Ni måste hitta Mats«.

Catrin och Gunnar frågar ifall de skall skjutsa hem Ewa, men hon hade tänkt gå på stan och shoppa lite först.

När Catrin och Gunnar går tillbaka för att åka upp och underrätta Gustaf så känner de att nästan alla pusselbitarna nu har fallit på plats.

Gustaf är på väg ner till åklagaren när telefonen ringer.

– Hej, det är Bent. Vi har inte sett Joel på två dagar men de andra två finns på plats som vanligt.

– Vet du vad jag tror, svarar Gustaf.

– Jo, samma sak som jag: att Joel är tillsammans med Mats. Och tyvärr så har vi inga spår efter Mats ännu. Det är lite som att leta efter en nål i en höstack.

Bent berättar sedan att han tillsammans med Gunnar håller på att planera för den fortsatta spaningen. Gustaf tycker att det låter bra och säger att han är på väg till åklagaren för att få tvångsåtgärder. Gustaf känner sig speciellt nöjd med att Gunnar är med i planeringen om fortsättningen. Han vet om hans stora kapacitet i sådana här sammanhang. Gunnar kan som ingen annan se och planera för olika omfall.

Chefsåklagare Åke Joelsson sitter tryggt på sitt tjänsterum. Han vet en del om ärendet sedan tidigare, främst genom utpressningen. Gustaf går ändå igenom hela ärendet tillsammans med Joelsson, som tvekar om att anhålla Bertil Andersson, Joel Berg och Janos Boniak i sin frånvaro för människorov och utpressning. Han tycker att det skall begäras telefonavlyssning

212

först på alla tre eftersom människorov täcker kriteriet för det med minst två års fängelse. Joelsson menar att telefonavlyssningen skulle kunna ge en ledtråd var Mats är gömd. Gustaf tycker att det är en bra idé och samtycker med Joelssons förslag.

Joelsson vill därför att Gustaf skriver en promemoria så fort som möjligt så han kan gå till tingsrätten och få domarens tillstånd. Gustaf känner sig nöjd med beslutet och Joelsson har samma inställning som Gustaf när det gäller gripandet. Båda vill att man ska ha Mats under kontroll innan man gör några gripanden. Gustaf tänker att det är skönt att ha en åklagare som Joelsson vid sådana här tillfällen; påläst, kunnig och helt orädd för att fatta tuffa beslut.

Catrin är ute och letar ensam efter Mats, eftersom Gunnar arbetar lite med Bent just nu. Det är ganska planlöst letande när hennes mobil ringer.

– Hej, det är Maria. Nu har jag fått ett brev till och det är ett annorlunda brev den här gången.

– Jag är hemma hos dig om fem minuter, säger Catrin och ringer sedan upp Gustaf och talar om vad som är på gång.

Gustaf blir inte förvånad över Catrins samtal. Han är medveten om att ett avgörande närmar sig fort nu och det kommer hända saker i en snabb takt. Nu har de inte råd med några misstag eftersom ett barns liv står på spel. Han har ibland en olustkänsla i magen, men känner också att man har en chans att klara av det här om alla håller sig kalla och gör vad man kan. Nu är det framför allt ett lagarbete som måste fungera till hundra procent.

Maria öppnar dörren när Catrin kommer. Hon berättar först att hon är ensam hemma för att Per och Ewa har gått för att möta Jenny vid Kullaskolan. Maria berättar att Ewa har berättat om sitt besök hos Catrin och Gunnar.

Maria tar sedan fram kuvertet försiktigt och hon är ovanligt blek när hon överlämnar det till Catrin. Den här gången är det inte ett vanligt kuvert utan ett vadderat. Catrin får en olust-känsla när hon tar emot det från Maria och hon ser att Maria känner likadant. Catrin säger att hon måste åka till polishuset för att öppna kuvertet på tekniska roteln. Maria känner väl till de rutinerna nu så hon ifrågasätter ingenting, och hon vet också att Catrin kommer att kontakta henne så fort hon kan. Det har uppstått en vänskap emellan Catrin och Maria. De har ett stort gemensamt intresse och det är att de båda älskar att resa. De har pratat om bådas favoritstad, som är Paris, och framför allt då Montmartre med Sacre-Coeur och Dalí-museet. Kanske skulle de kunna resa dit tillsammans, bara omständigheterna blir annorlunda – först måste Mats komma hem igen.

Det är många tankar som snurrar runt i Catrins huvud när hon sätter sig i bilen för att åka till polishuset. Vad kan det finnas i kuvertet? Hon befarar det värsta. Hon misstänker att hennes nästa kontakt med Maria kommer att bli den svåraste.

Framme vid polishuset åker Catrin direkt upp till tekniska roteln och där väntar samma personer som vid de andra till-fällena.

Den här gången är stämningen än mer dämpad och spänd när Rita börjar öppna det bruna vadderade kuvertet. Plötsligt skriker Rita rakt ut när hon får syn på innehållet.

– Nej, nej! Och så ramlar hon ihop i Kurre Skotts armar.

Gustaf tar upp kuvertet och tittar in. Han ser något som skulle kunna vara en del av ett barns tå. Han börjar må illa och måste verkligen stålsätta sig. Det blir en konstig situation där alla verkar mer eller mindre chockade. Förlamningen bryts när Kurre Skott utbrister:

– Vilka svin!

Gustaf ser att det ligger ett brev i kuvertet och ber Kurre att ta fram det. Det gör han, mycket försiktigt och börjar läsa.

Det här är Er sista chans.

Ni skall sätta in 50 miljoner kronor på Bank of Tagos på konto-nummer FE1803 21345672. Pengarna skall finnas på kontot senast fredag den här veckan före klockan 1200. Då kommer Er son Mats att släppas. Annars kommer Ni att få ett större paket nästa gång.

Vår Rättvisa

Det här är rena maffiametoderna, tänker en skakad Gustaf. Vad skall jag säga till Maria, funderar Catrin. Gustaf inser att de har två dagar på sig eftersom det är tisdag i dag. Gustaf känner till mycket om just Tagosöarna trots att de ligger på andra sidan jordklotet. Han vet också att det räknas som en sekretesstat och allt vad det innebär. Kurre Skott samlar ihop sig och säger till Gustaf att man genast skall ordna med en analys av vad som förvaras i kuvertet.

– Vad skall jag säga till Maria? frågar Catrin och vänder sig till Gustaf.
– Vi åker hem till familjen Sund och jag följer med dig, men först måste jag underrätta Harry och Linda.

Gustaf säger till Catrin att det känns svårt, men att de måste säga som det är med brevet. Det är svårt att förutsäga hur för-äldrarnas reaktioner kommer att bli. Det kan man aldrig veta i förväg vid sådana här tillfällen. Catrin känner sig konstigt nog lugn och trygg i Gustafs sällskap.

När de kommer fram till Sunds villa är alla hemma och de sätter sig i köket. Gustaf berättar om kuvertet och brevet så sakligt men så milt som möjligt. Per och Maria håller varandras händer hårt och kramar varandra medan tårarna rinner efter deras kinder. Gustaf och Catrin blir kvar en lång stund innan de går till bilen. Innan Gustaf går säger han, vänd till Per och Maria:

–»Jag tror att vi kommer att lösa det här och att Mats snart är tillbaka«.

På vägen till polishuset är det ganska tyst i bilen, men Gustaf har fått en idé.

För några år sedan blev Gustaf erbjuden att få åka till England på en utbildning. Det var en avancerad kurs för kriminalpoliser i Europa. Efter att ha tänkt efter länge bestämde sig Gustaf för att åka och han såg väl det här som ett slags belöning för en del stora ärenden som han lyckats med som chef.

Det visade sig vara en intressant och givande kurs med poliser från 14 olika länder i Europa. Samtidigt med den här kursen var det en kurs för polischefer från länder som hade tillhört det gamla engelska samväldet. Det var alltså polischefer från jordens alla hörn. Utbildningen genomfördes på den engelska polishögskolan vid det gamla slottet Bramshill, som ligger ca 8 mil söder om London. I veckosluten fanns det bara två klasser kvar på skolan och det var Gustafs kurs samt poliserna från det engelska samväldet.

De här klasserna åkte därför ofta på gemensamma bussutflykter till södra England. På så vis blev Gustaf vän med Captain John Richards från Tagosöarna. Gustaf tyckte om John, som verkade vara en rutinerad polis. Gustaf och John fortsatte att hålla kontakten efter utbildningen och en dag fick Gustaf en inbjudan att tillsammans med sin fru besöka John.

Gustaf och Mia antog inbjudan och åkte den långa vägen till Tagosöarna, bara flygtiden var 26 timmar. Men det var en fantastisk upplevelse med ett underbart klimat och underbara människor.

Det bästa med resan till Tagos var ändå havsfisket som Gustaf fick prova på tillsammans med John och skepparen till en liten fiskebåt. De åkte ut en bra bit på det öppna havet och kunde sedan fiska i det blå, kristallklara vattnet. Det dröjde inte länge förrän Gustaf fick dra upp fiskar som vägde runt 10 kilo och det slutade med att han fick ett jättenapp. Det visade sig vara en svärdfisk som ömsom drog ner i djupet eller hoppade över vattenytan. Det var tur att han hade fått låna topputrustning av skepparen. Efter en kamp på 30–40 minuter och med hjälp av John och skepparna lyckades man få upp svärdfisken. Efter att man hade fotograferat den cirka 50 kilo tunga fisken så släpptes den tillbaka i havet eftersom den var rödlistad i det här området. Gustaf glömmer aldrig fisket utanför Tagos kust och på tjänsterummet i polishuset finns en inramad dokumentation över kampen med svärdfisken.

Gustaf kunde också konstatera att John var en högre chef än han hade trott och hade mycket att säga till om. John och Gustaf har fortsatt att ha sporadisk mejlkontakt och John och hans fru har en stående inbjudan att hälsa på i Uppsala.

Gustaf tänker ringa John. Klockan är åtta på onsdagsmorgonen och de ligger tio timmar före Sverige i tiden. Alltså är klockan sex på eftermiddagen där och då svarar säkert John hemma i sin stora, vackra villa.

– Yes, John here.

– Hello, this is Gustaf from Uppsala, Sweden.

– Oh, hello my best friend, säger John.

De pratar sedan en lång stund om familjerna och om polisjobbet i allmänhet och Gustaf uppmanar John att ta sin fru med sig och komma till Uppsala.

Men John förstår att Gustaf också har ett annat ärende och frågar naturligtvis om det. Gustaf berättar om hela ärendet Sund för John och främst pengarna som skall överföras till Tagos.

John blir inte förvånad, för han vet att många ryssar har öppnat konton på Tagos och han är inte helt säker på att alla är seriösa affärsmän. Gustaf undrar om John på något sätt skulle kunna säkra pengarna om de sätts in på det konto som kidnapparna har angivit.

John talar om att han är god vän med bankdirektören på Bank of Tagos. Han tror att det kan gå att ordna och han ska återkomma med besked.

»Det är bra att ha vänner över hela jordklotet«, tänker Gustaf, när han har avslutat samtalet och nyper sig i näsan.

När Gustaf på ett ganska gott humör kommer tillbaka från sin lunch på Karl Johans Gårdarna, kommer Reidar Rubenson instormande på hans rum.

– Det är läckage! Tidningarna vet att vi har fått en bit av en tå och de känner till lösensumman. De håller på att ta ned mig. Jag kommer inte att orka så länge till, pustar en svettig Reidar.

Gustaf vet att Reidar är en ambitiös och stresstålig presstalesman, men förstår samtidigt att något sådant här har myndigheten inte varit med om tidigare.

– Du får köra med den gamla vanliga standardfrasen att »utredningen pågår och jag kan inte säga något just nu«, säger Gustaf.

– Men det är ju tidningar från hela Europa och till och med LA Times är här.

– Det spelar ingen roll, även om de skulle komma från månen, säger Gustaf och skrattar lite.

Gustaf går sedan igenom utredningsläget i lugn och ro med Reidar och menar att det gäller bara att hålla ut i högst två dagar till. Han lovar också att Reidar skall få förstärkning i sin roll som presstalesman. Reidar lämnar Gustafs rum betydligt lugnare än när han kom. Gustaf har inte tid att fundera över det här med läckage. Det finns så många syften och möjligheter. Han måste nu helt koncentrera sig på kommande händelser.

Stina från telefonavlyssningen kommer då in och talar om att alla kända telefoner på Bertil Andersson, Janos Boniak och Joel Berg är inkopplade. Och det har redan kommit ett telefonsamtal från Kinski i Vitryssland till Janos, på ryska.

– Vi måste skaffa en rysk tolk blixtsnabbt, uppmanar Gustaf.

– Det har vi redan gjort, och den är på väg hit, säger Stina.

– Det räcker inte. Ni måste ordna så att vi har en rysk tolk två dygn framåt hela tiden.

Det var värst, tänker Stina, så där brukar inte Gustaf ta i.

– Jag skall försöka göra som du säger, svarar Stina.

– Och så vill jag bli uppdaterad hela tiden om samtalen i det här ärendet, poängterar Gustaf.

Gustaf känner sig ganska nöjd när han tar cykeln för att trampa hemåt till Luthagen den här onsdagseftermiddagen. Han ser då att Harry kommer samtidigt och har bråttom för att komma iväg på sin cykel mot Bärby Hage. Gustaf ropar därför till honom.

– Hej Harry, vad du verkar ha bråttom?

– Jo, jag skall på möte ikväll, svarar Harry och jäktar iväg.

Vad konstigt, tänker Gustaf. Vad kan det vara för ett möte som är så viktigt?

Gustaf kan inte låta bli att gå in i tobaksaffären på Skolgatan, men han märker att han inte kan koncentrera sig på dagens matcher och göra de analyser som han brukar. Han tar därför en Harry Boy, det vill säga han låter datorn ta ut hästarna till kvällens tävlingar på Solvalla. Det väcker förvåning hos tobakshandlaren som känner Gustaf väl.

– Men Gustaf, har du börjat med Harry Boy? Då kanske det blir en trisslott nästa gång, funderar tobakshandlaren.

– Tiden räcker inte till just nu för något annat än en Harry Boy, svarar Gustaf.

Gustaf är medveten om att det han gör nu endast är för att få vara med om själva spänningen med spelet, för egentligen är han inte intresserad av hästar och travsport.

När han kommer hem till radhuset är Mia på ett bra humör efter sin Ålandsresa. Hon har köpt en del toalettartiklar och ett gott vin till Gustaf. De sätter sig ner i vardagsrummet och pratar i lugn och ro om vad som har hänt den sista tiden. Mia har följt vad som har hänt via alla nyhetssändningar och förstår att han är pressad just nu.

Precis när Gustaf sätter sig för att titta på Rapport, ringer Per.

– De har ringt igen och frågar bara om vi har fått brevet. Och jag svarar »ja« och då läggs telefonen på.

Gustaf förklarar för Per att det samtalet inte betyder något utan man vill bara försäkra sig om att brevet har kommit fram. Samtalet betyder ändå att det är innehållet i sista brevet som gäller än mera.

Efter att Gustaf har avslutat samtalet med Per så ringer telefonen igen. Det är Rune från telefonavlyssningen denna gång. Han berättar att samtalet till Per kommer från samma telefon som använts förut och via Flogstamasten. Janos har ringt ett telefonsamtal till Joel Berg. Han hade då frågat om allt var under kontroll och Joel hade svarat ja. Det samtalet hade gått över Börjemasten, vilket tyder på att Joel inte är i sin bostad i Flogsta.

Innan samtalet till Per hade Janos fått ett samtal från Kinski på ryska. Tolken har översatt samtalet till att en man i Kinski frågar om han har kontrollerat att brevet har kommit fram.

När Gustaf har avslutat samtalet med Rune, tänker han att de inte har lämnat något åt slumpen.

Efter att Gustaf har tittat på tv med Mia en stund efter Rapport så hörs det telefonsignaler igen. Gustaf svarar som han brukar göra när han är hemma i bostaden.

– Gustaf.

– Hello, it's John, svarar John från Tagosöarna.

Han berättar att han har haft ett möte med bankdirektören och kommit överens om vissa saker. Man kommer bland annat att säkra pengarna när de har kommit in på kontot. Om Gustaf sätter in pengarna klockan åtta på fredagsmorgonen är klockan sex på kvällen i Tagos. Man kommer därför att ha bevakning på banken från klockan sex till klockan tio på kvällen och kommer att kunna svara på kontrollfrågor om de insatta pengarna. Det innebär att man har bevakning fram till klockan 12 på fredagsförmiddagen, tänker Gustaf.

Han tackar John och de enas om att höras av under fredagen.

Innan Gustaf somnar in tänker han att på torsdagsmorgonen skall man ha ett möte med alla viktiga personer i ärendet. Därefter måste man planera för det avgörande tillslaget på fredagsförmiddagen.

Gustaf tänker också på att han måste prata med chefen från ekoroteln, Nilsson, så att han får ordna det tekniska när det gäller att sätta in pengarna på Bank of Tagos till klockan åtta på fredagsmorgonen.

Gustaf känner sig ovanligt pigg och fräsch när han hoppar på cykeln strax före sju på torsdagsmorgonen. Konstigt att han alltid brukar få nya krafter när det börjar dra ihop sig och svåra beslut skall fattas. Han njuter av cykelturen till jobbet i den sköna sommarmorgonen. Det är redan många människor som är ute för att ta sina långpromenader längs Fyrisån. En del går med sina hundar och en del har sina stavar. Gustaf får lite dåligt samvete när han ser alla människor som går med sina stavar. Han borde motionera mer själv och äta mindre med tanke på sitt dåliga hjärta. Allt det där är bra, men Gustaf måste också erkänna för sig själv att han den sista tiden har börjat bry sig mera om sin hälsa. Är det ett utslag av fåfänga eller vad?

Just när Gustaf skulle svänga av mot polishuset får han se en sak som gör honom mindre glad. Han ser en något äldre man på cykel som släpar på en svart sopsäck. Han är ganska dåligt klädd och ser lite bräcklig ut. Gustaf ser att mannen söker igenom de gröna plåtkorgarna och hämtar upp mest tomma öl-burkar som han lägger i sin svarta sopsäck. Vem är han? Varför måste han göra så här, är det ett måste för hans överlevnad eller är det för något annat? Gustaf funderar i olika banor om det kan vara en »uteliggare« som är bostadslös och arbetslös. Eller det kanske är en »fattigpensionär« som inte får pengarna att räcka till hyran? Varför lever människor under så olika villkor i vårt rika samhälle? Det borde inte vara så.

Gustaf känner sig något bekymrad över vad han har sett när han stiger av sin cykel vid polishuset, men han vet att nu måste han helt fokusera sig på sin egen arbetsuppgift.

Mötet skall man ha klockan nio på förmiddagen, men Gustaf tänker ha ett mindre informellt möte innan.

Så snart han är på kontoret, ringer han till Harry, Nilsson och Linda. Alla kommer till Gustafs rum så fort de kan och Linda ser lika glad ut som alltid nu för tiden.

Han går igenom sin plan om hur man skall hantera de 50 miljoner kronorna. Alla verkar lite imponerade över vad Gustaf hade ordnat.

– Kan du se till att det här kommer att fungera? frågar han Nilsson.

– Jag lovar dig att det kommer att fungera, svarar Nilsson, som har de rätta kontakterna i det här fallet.

Gustaf säger sedan att det vore bra om man kunde ha sekretess på hanteringen av de 50 miljonerna tills vidare.

Gustaf går sedan och tar en kopp kaffe tillsammans med Harry före nästa möte klockan nio. Han har tänkt fråga Harry vad det var för möte som var så viktigt igår, men han glömmer bort det. Gustaf och Harry pratar inte så mycket om själva taktiken utan mer om hur många poliser som kommer att behövas för tillslaget. Gustaf känner också att han har många frågande blickar riktade mot sig från alla som besöker cafeterian.

Harry har bokat det större konferensrummet till mötet för det kommer att komma några fler än vid de andra tillfällena. Nu kommer chefen för den lokala insatsstyrkan, Kurre Skott, Reidar Rubenson, personal från avlyssningen och flera av Bents spanare att vara med.

För ovanlighetens skull är det Linda som tar till orda först och hälsar alla välkomna.

– Vi har kanske en av de viktigaste uppgifterna framför oss på länge i myndigheten och jag vet att ni alla kommer att göra ert bästa.

Gustaf och Harry går sedan igenom hela ärendet tillsammans och ritar även en hel del på den gröna tavlan. Alla skall vara helt uppdaterade på misstänkta personer och aktuella adresser.

– Vi räknar med att det kommer att hända saker mellan klocka åtta och tolv i morgon förmiddag, säger Gustaf.

– Men om det inte händer något då? frågar Bent.

– Då får vi använda oss av en plan B, svarar Harry.

– Och hur fungerar den? frågar Bent.

– Det kommer vi att återkomma till i morgon i så fall, svarar Harry.

Både Gustaf och Harry är överens om att nu är det bara plan A som gäller för att personalen skall ha högsta möjliga koncentration på den.

– Kan vi helt bortse från Krogligan? frågar Linda.

– Ja, som det verkar nu, och vi har ju tre andra personer som är misstänkta, och dessutom så är jag säker på att Krogligan inte skulle använda sig av ett sådant här våld mot barn. De håller på med annan typ av grov brottslighet, svarar Gustaf.

Stina inflikar där att det inte har pratats något som tyder på att Krogligan skulle vara inblandad i kidnappningen, utan de verkar ha fullt upp med sina narkotikaaffärer med Polen.

– Och som alla säkert förstår så gör man inga egna ingripanden mot de här personerna innan ni har fått order, säger Harry. Det viktigaste i den här operationen är trots allt att rädda Mats.

– Skall vi inte ha någon hjälp av Rikskrim? undrar Linda.

– Nej, inte i nuläget. Vi har bedömt att vi kan klara av det här själva och jag har underrättat nyckelpersoner på Rikskriminalen om hur vi tänker agera imorgon, svarar Gustaf.

Länspolismästaren verkar nöjd med svaren.

Det är inga fler som har några frågor så Bent får överta och gå igenom den operativa delen.

Han skall ha en spanpatrull på de misstänktas hemadresser från klockan fyra på morgonen. De skall naturligtvis natta dem först på torsdagskvällen. Enda problemet är att de inte har sett Joel på flera dagar. Bent säger att han tror att Joel kan vara tillsammans med Mats någonstans som de ännu inte vet. En patrull skall finnas vid Östkonsults kontor ute i Ekeby. Två patruller skall finnas efter Gysingevägen bortom bilprovningen och i en av de bilarna tänker han åka själv tillsammans med Gunnar och Catrin. Den lokala insatsstyrkan skall vara gömd och i beredskap bakom bilprovningen och det skall finnas en polishund tillgänglig. Tekniker skall finnas i beredskap, liksom utredare och personal för husrannsakan. Avlyssningsrummet skall ha full bemanning hela natten och förmiddagen. Rysk tolk skall naturligtvis sitta i rummet.

– Har jag glömt något? frågar Bent.

– Räddningspersonal, har vi det? frågar Linda.

– Ja det glömde jag, men vi har ordnat så att man har en ambulans i beredskap, svarar Bent.

– Är det någon som har några fler frågor? frågar han därefter.

– Ja, var kommer Harry och Gustaf att finnas? frågar en spanare.

– Vi kommer att sitta i en liten stab i anslutning till avlyssningsrummet och ni kommer att få alla aktuella telefonnummer, svarar Harry.

– Och även chefsåklagare Joelsson kommer att finnas där, tillägger Gustaf.

Det tycks inte finnas några fler frågor och alla verkar nöjda med genomgången, som Gustaf avrundar med att säga:

– Det råder som ni säkert förstår högsta sekretess på det vi har pratat om nu.

Alla nickar mot Gustaf.

Resten av arbetsdagen flyter väldigt lugnt i polishuset, men det känns ändå som att det är en spänning i luften som man nästan kan ta på. Reidar Rubenson kommer in till Gustaf och är lite fundersam över hur man skall hantera pressen efter tillslaget. Gustaf svarar att det beror på hur det går, men han kan tänka sig en presskonferens, och då skiner Rubenson upp.

Innan Gustaf går för dagen kontrollerar han med avlyssningsrummet om det varit några fler telefonsamtal. Stina kan berätta att det har varit ett samtal från Janos till Joel över Börjemasten igen. Han hade bara frågat om allt var bra och Joel hade svarat att allt var i sin ordning.

Gustaf hade också pratat med Bent och allt var förberett enligt planen. Det var bara en sak som Bent var orolig över och det var att man fortfarande inte visste var Joel och Mats fanns någonstans.

Gustaf lämnar sedan polishuset ganska tidigt utan att stanna till vid tobaksaffären, för att snabbt komma hem och samla krafter till morgondagen.

Gustaf vaknar klockan fyra på morgonen efter en orolig natt-sömn. Nu snurrar tusen tankar i hans huvud. Mia märker naturligtvis sin mans dåliga sömn och oro.

– Orkar du verkligen gå till jobbet i dag? frågar hon sömndrucket och lite oroligt.

Gustaf svarar inte utan vänder på sig en gång till samtidigt som han tänker att inget i hela världen skall kunna hindra honom för att gå till jobbet i dag.

När klockan har blivit fem stiger han upp ur sängen och gör sig i ordning. Inom en timme sätter han sig på cykeln och åker iväg till jobbet.

Det är redan ljust ute och det är en varm skön sommarmorgon. Han cyklar som han brukar en bit efter Fyrisån innan han svänger av till polishuset. I dag kan han se den som brukar väcka honom ganska tidigt så här på sommarmorgnarna. För där, i ett träd intill ån, sitter mästersångaren själv, den svarta, vackra koltrasten. Även den här morgonen sjunger han sin un-derbara sång för full hals. Gustaf beundrar fågelns utseende och sång. Koltrasten är, trots att den brukar väcka honom tidigt om morgnarna, hans verkliga favorit. Han tycker att fågeln är mycket gåtfull, precis som själva livet.

Framme vid polishuset går Gustaf först till kontoret och sedan skyndar han sig till avlyssningsrummet. Det är Rune och tolken som arbetar och Gustaf frågar genast om det har hänt något. Rune berättar att i det här ärendet har det bara varit ett intressant telefonsamtal och det var Janos som ringde Joel. Han ringde ganska sent och undrade om allt var bra och Joel hade svarat att allt var under kontroll. Han satt tillsammans med Mats och tittade på tv och de hade ätit god mat. Samtalet hade liksom tidigare gått över Börjemasten.

Snart är också Harry och Joelsson på plats. De är alla naturligtvis lite spända och samtidigt nyfikna över vad som kommer att hända under dagen. De hämtar varsin fika och går en sista gång igenom hela deras upplägg för dagen.

Strax före klockan åtta ringer Gustaf upp Bent och frågar om alla finns på plats.

– Spanarna har funnits på plats i stort sett hela natten. Nu är också alla andra på plats, tekniker, insatsstyrka, förhörsledare och i min bil så är Catrin och Gunnar med, summerar Bent.

»Det där låter tryggt«, tänker både Harry och Gustaf. Det dröjer inte länge förrän Bent ringer upp igen:

– Nu har både Bertil Andersson och Janos lämnat sina bostäder och de åker mot Ekeby.

Efter ytterligare tio minuter ringer Bent på nytt.
– Nu finns både Andersson och Janos på kontoret i Ekeby, men Joel har inte synts till.

Gustaf är nu helt säker på att Joel måste finnas någonstans med

Mats åt Börjehållet till. Stina kommer fram till Gustaf och säger att Janos har ringt upp Joel igen. Han har som tidigare frågat om hur det var och Joel hade svarat att allt var väl.

Klockan nio gör Stina staben uppmärksam på att det kommer ett intressant samtal. Det är ett samtal från Kinski till Janos på ryska. Tolken börjar genast översätta samtalet.

– Allt klart, pengarna finns på kontot, säger en mansröst från Kinski.

– Skall jag hämta ungen? frågar Janos.

– Ja, gör vad som är bestämt, svarar en mansröst med hård stämma och lägger på luren.

Det dröjer inte många minuter förrän Janos ringer upp Joel.

– Gör i ordning allting för avfärd, säger Janos.

– Ja, jag är klar om en femton minuter, svarar Joel.

Gustaf ringer genast upp och informerar Bent och säger att nu råder högsta beredskap.

Klockan halv tio meddelar en av spanpatrullerna vid Ekeby att garageporten till Östkonsults garage håller på att öppnas. Ut ur garaget kommer en blå skåpbil och man kan se bokstaven A först och sista siffran 2 på registreringsskylten. Det är en man som kör bilen och signalementet stämmer in på Janos. Bilen kör samma väg som vid förra tillfället, ut mot riksväg 272 och mot Gysingehållet. Nu är det tre spanbilar som ligger efter. Bent ger order om försiktighet och säger samtidigt att en spanbil skall stanna kvar och bevaka kontoret.

Nu börjar även Bent att känna av den oerhörda spänning som råder, men han får på intet sätt visa det utan han måste bara tänka rätt och fatta snabba beslut.

Det är ganska mycket trafik när man kommer ut på riksväg 272 eller som den kallas Börjevägen, men spanarna, som är vana med sådana här efterföljanden, har inga problem att skugga en stor skåpbil än så länge. När skåpbilen närmar sig avtagsvägen till bilprovningen i Librobäck svänger den av på samma sätt som förra gången. Den åker längst ner på avtagsvägen och kör flera varv i återvändsrondellen. Ingen spanbil går efter som vid förra tillfället. Alla spanarna visar att de har sina nerver under full kontroll och ingen har röjt sig.

Skåpbilen kör sedan tillbaka upp på stora vägen och fortsätter mot Gysingehållet. Spanbilarna som låg efter tappar nu skåpbilen för en stund, men den första bilen, som var placerad bortom bilprovningen, får genast kontakt och snart är också Bents bil med. Det här är intressant och allt går bra, hinner Bent tänka samtidigt som spänningen stiger ännu mer.

Skåpbilen körs sakta och det verkar som chauffören är mycket vaksam. Närmaste spanbil ligger ca 200 meter bakom med ett par andra bilar emellan. Bilen kör ut ur själva Uppsala och kommer ut på de stora fälten som ligger strax utanför staden. Man kan nu se gamla flygflottiljen F16 på höger sida som kallas Ärna. Det är stora fält så långt ögat kan se ända bort till Gamla Uppsala med kungshögarna. Efter ca 6 kilometer närmar sig skåpbilen en fyrvägskorsning och om man svänger av till höger kommer man efter någon kilometer till Ulva kvarn som är ett populärt hantverks och friluftsområde. Om man svänger till vänster kommer man till Broby och i förlängningen Läby. Efter den vägen finns både bondgårdar, vanliga villor och fritidshus.

Skåpbilen svänger av till vänster mot Broby. Bent ligger nu närmast med sin spanbil tillsammans med Catrin och Gunnar.

Bent kontaktar insatsstyrkan och ger instruktioner om att de skall närma sig Broby.

I staben är det nu full aktivitet. Gustaf säger åt Bent att hålla avståndet så att föraren av skåpbilen inte misstänker något. »Det där var väl onödigt«, tänker Bent men förstår samtidigt Gustaf.

Skåpbilen kör förbi Broby och fortsätter på den smala vägen, där knappt två bilar kan mötas, mot Läby. Man åker nu i ett område med kor och åkrar, men där ligger också villor och fritidshus.

Efter några kilometer från Broby saktar skåpbilen in och svänger av på en mindre väg åt vänster.

– Pass på nu! Bilen svänger av till vänster.

– Avvakta så kör vi förbi, säger Bent.

Gunnar och Catrin håller utkik till vänster in på avtagsvägen och kan se att skåpbilen stannar cirka 200 meter bort vid ett fritidshus.

– Jag parkerar bilen och vi smyger oss fram. Och spanarna i närmaste spanbilen följer med. Ni andra avvaktar här ute på vägen. Insatsstyrkan kör fram mot platsen i lugn takt, säger Bent.

De tar sig ända fram till det röda fritidshuset och den blå skåpbilen står parkerad ett tiotal meter ifrån huset på en gräsplan.

236

De är nu framme alldeles intill huset och kan se att skåpbilen är tom i förarsätet.

– Vi avvaktar och jag säger till när vi ska agera, uppmanar Bent i en bestämd ton.

De ligger knäpptysta i flera minuter och Catrin upplever en spänning som hon aldrig har upplevt tidigare. Hon kontrollerar också sitt vapen liksom de andra spanarna och märker att hon är svettig om händerna. Det är alldeles tyst förutom en bofink som sjunger i lövträden. Bent får en idé om att man kanske borde göra något åt skåpbilen så att den inte kan åka iväg, men inser att det är att ta en för stor risk. Om man skulle bli upptäckt skulle man kunna hamna i en ännu värre situation med Mats som gisslan. Bent inser att det bästa är att avvakta, även om det känns svårt nu när man förmodligen har alla i samma hus.

Helt plötsligt börjar det att höras ljud inifrån huset och man kan se att ytterdörren sakta öppnas och ut kommer en man i 25-årsåldern. Bent konstaterar att det är Joel som kommer. Han går sakta fram mot skåpbilen och öppnar dörren till förarplatsen där han sätter sig. Det verkar som Joel letar efter något inuti bilen. Han tar gott om tid på sig innan han lämnar bilen. Catrin och de andra spanarna ligger alldeles knäpptysta bara några tiotal meter ifrån bilen. Catrin känner att hon andas häftigt i den totala tystnaden Joel kliver nu ut ur bilen och han bär på ett litet paket. När han har gått halvvägs fram till stugan så brakar det plötsligt till i skogen kring bilen. Det är ett rådjur som har kommit rakt in där poliserna ligger och trycker. Några av poliserna kan inte undgå att ge ifrån sig en del ljud.

– Det här var inte bra, hinner Bent tänka där han ligger och trycker i buskarna.

Joel tittar sig nyfiket omkring medan han fortsätter att gå fram mot stugan och öppnar dörren och går in.

Bent kontaktar staben och meddelar vad som har hänt och Gustaf säger:

– Det gäller att ni är extra vaksamma nu och att ni ser om det blir någon reaktion på det som har hänt.

– Självklart, svarar Bent.

Det dröjer sedan inte länge förrän Stina kommer framrusande till staben och säger:

– Janos har ringt till Kinski.

– Och vad säger han, undrar Harry.

– Han är upprörd och tror att det kan finnas folk runt huset och att det kan vara poliser.

– Det här är inte bra och vad säger man i Kinski? undrar Gustaf.

– De säger att Janos skall ta det lugnt och avvakta inne i stugan tills vidare.

Gustaf informerar Bent om samtalet och han förstår genast att det är högsta beredskap som gäller, samtidigt som han uppmanar alla poliser att vara vaksamma.

Catrin ligger på helspänn bredvid Gunnar med draget vapen och hon känner sig trots allt ovanligt lugn. Det är en fantastisk försommardag när naturen är som vackrast i Sverige, men nu märker hon inte så mycket av det. Hon har hela sin uppmärksamhet riktad mot stugan och framför allt dess ytterdörr.

Så plötsligt öppnas dörren sakta och ut kommer Joel. Han tittar sig vaksamt omkring och går sakta kring huset och så vänder han plötsligt riktning och går mot den plats där Catrin och de andra poliserna ligger och trycker. När han har en fem meter kvar till den plats där Catrin och Gunnar ligger så hostar Gunnar till lite i en kvävd nysning. Joel reagerar omedelbart och vänder om och går mot stugan med raska steg och innan han går in i stugan vänder han sig om och tittar åt Catrins håll.

Ett nytt samtal går in på telefonavlyssningen och nu är det Janos som ringer upp Kinski. Samtalet är på ryska, men översätts direkt av tolken. Janos pratar med en man som kallar sig Petrov.

– Vad skall jag göra? Jag är helt säker på att stugan är omringad av poliser.

– Du skall avvakta. Det är du som har gisslan och dessutom har du ju vapen och de kommer snart att kontakta dig på något sätt.

– Jo, jag har min Glock automatpistol och de två handgranater som Joel hämtade i bilen. Så jag kommer att sälja mig dyrt, intygar Janos.

Gustaf, Harry och Joelsson går och sätter sig i ett rum lite avsides för att kunna analysera och diskutera den uppkomna situationen. De ritar på svarta tavlan och funderar i olika möjliga scenarier. De vet nu att Janos känner till att stugan är omringad av poliser och att han är tungt beväpnad. Men det värsta är ju att han har Mats som gisslan. Man kan inte storma stugan för då riskerar man Mats liv.

– Vi måste försöka få kontakt och påbörja en förhandling med Janos, säger åklagare Joelsson.

– Vi har ju Joels mobilnummer och kontaktar vi honom kanske vi ändå inte avslöjar telefonavlyssningen. Vi uppger att vi fått numret av Andersson, säger Gustaf.

– Men hur skall vi ha kommit i kontakt med Andersson? Frågar Harry.

– Det svarar vi inte på, men de måste misstänka att endera är han gripen eller så har han gått till polisen och »tjallat«, svarar Gustaf.

– Då kallar jag på Eriksson, som är en rutinerad utredare och är utbildad förhandlare, säger Harry.

– Och jag underrättar Bent om våra planer, säger Gustaf.

Gustaf ringer upp Bent som är med på noterna, som vanligt. Bent kallar nu fram insatsstyrkan så att den är på plats alldeles i närheten av stugan. Bent inser också att det här kan sluta illa, med tanke på de vapen som Janos har. Han begär därför förstärkning med två ambulanser till som skall passa i omedelbar närhet.

Gustaf och Harry informerar Eriksson som har varit med om förhandlingar tidigare med våldsmän, men kanske inte så dramatiska som just den här. Eriksson ringer upp Joels mobiltelefon och han får svar direkt.

– Joel här, vem är det?

– Hej, det är Eriksson vid Uppsalapolisen och vi vill försöka lösa den här situationen vid stugan på ett bra sätt för alla parter.

– Jag förstår och jag vill inte vara med längre. Janos är farlig och har vapen.

Eriksson hör nu att Janos skriker något åt Joel och att han genast skall ha telefonen. Efter en del buller så frågar Janos:

– Vem är det som jag talar med?

– Det är Eriksson vid Uppsalapolisen och jag vill förhandla med dig.

– Det finns ingenting att förhandla om. Jag vill ha fri lejd härifrån annars får ni inte tillbaka pojken levande, svarar Janos.

– Vi skall diskutera saken så återkommer jag med besked, avrundar Eriksson samtalet sedan han lämnat sitt telefonnummer.

Staben sätter sig nu tillsammans med Eriksson och diskuterar det uppkomna läget. Alla är till en början nöjda med att man trots allt nu har en direktkontakt med Janos. Man vet också att Joel inte längre vill vara med om det här utan att han nog hellre vill stå på deras sida. Samtidigt inser man att Janos är tungt beväpnad och farlig.

Under stabens möte kommer Stina inspringande och talar om att Janos har ringt upp Petrov i Kinski. Janos hade redogjort för den uppkomna situationen och frågat Petrov om råd. Petrov hade då föreslagit att Janos skulle begära att få dit en stor helikopter. Janos tyckte förslaget var bra och han visste att en helikopter kunde landa på den lilla åker som är belägen intill stugan. Janos ringer upp Eriksson.

– Hej, jag vill få hit en helikopter med en ytbärgare ombord. Det skall vara en ganska stor helikopter.

– Vad kommer sedan? Tänker du släppa Mats då, eftersom du har fått den lösesumma som du begärde? frågar Eriksson.

– En sak i taget och jag vill ha besked om helikoptern först innan vi tar nästa steg. Jag kommer att släppa pojken när jag befinner mig i säkerhet ifrån polisen, svarar Janos.

Janos är nu ganska trängd. Han är medveten om att han måste behålla Mats som gisslan tills han är i säkerhet ifrån polisen. Samtidigt så vet han inte hur långt Petrov och de andra i Kinski är beredda att hjälpa honom. De har ju redan fått lösensumman.

– Jag förstår och jag återkommer strax med besked, svarar Eriksson.

Staben har hört hela samtalet och är verkligen bekymrad. Vad tänker han göra med en helikopter och vilka tänker han ta med? Då säger Harry, under den värsta brainstormingen:

– Kan vi inte förslå att få byta ut Mats mot en polis?

– Det är ett bra förslag, men finns det någon polis som ställer upp? undrar Gustaf.

Gustaf vet också att det egentligen är emot en del regler att byta ut en gisslan mot en polis. Men nu uppfattar han det här som en nödsituation och det gäller Mats liv.

Efter en del funderande bestämmer de sig ändå för att ringa upp Bent och han får ta ställning och fråga lämpliga poliser.

Bent förstår genast situationen och går först till Gunnar och Catrin. Båda två blir först förvånade men är beredda att ställa upp. Catrin säger till sist, efter en hel del diskussioner:

– Jag är nog den som känner Mats bäst och är nog den mest lämpliga, även om jag såklart inser riskerna.

– Bra Catrin, jag tror att du är den som kommer att klara det här bäst, säger Bent.

Bent ringer sedan upp staben och talar om vad man kommit fram till. Gustaf tycker det är ett bra förslag även om han samtidigt blir illamående över vad som kan hända Catrin, i sämsta fall. Eriksson får sedan i uppdrag att framföra stabens beslut till Janos.

– Janos.

– Vi vill byta ut Mats mot en kvinnlig polis, säger Eriksson.

– Det går inte, men däremot får ni byta mot Joel, svarar Janos.

– Jag förstår och återkommer, svarar Eriksson.

Staben som har hört samtalet förstår att Janos inte är beredd att släppa Mats i det här läget. Men efter långa diskussioner om risker, fördelar och nackdelar säger Gustaf:

– Jag tror ändå att det skulle vara en stor fördel att ha en polis i omedelbar närhet av Janos och Mats.

Gustaf vet också att Catrin med sin fysiska styrka och intelligens är den mest lämpliga polisen, men han vet också att han aldrig skulle förlåta sig själv om det skulle hända Catrin något.

Gustaf ringer upp Bent och talar om den uppkomna situationen. Bent säger att han skall prata med Catrin och återkomma. Efter en kort stund ringer Bent till Gustaf:

– Hej Gustaf, Catrin är beredd att ta uppdraget och hon är medveten om riskerna.

– Bra, vi skall ta kontakt med Janos.

Eriksson ringer genast upp Janos som är med på förslaget under förutsättning att helikoptern kommer till platsen. Polisen skall komma fram till stugan med händerna över huvudet och utan vapen.

Staben tar nu kontakt med försvaret och begär hjälp med en lämplig helikopter och att få tillgång till en ytbärgare. Försvaret lovar att återkomma så fort som möjligt och det dröjer inte länge förrän försvaret lämnar klartecken. De har fått fram en lämplig helikopter med en rutinerad pilot och ytbärgare. De är medvetna om riskerna men vill absolut ställa upp i den här situationen.

Samtidigt ringer Petrov från Kinski till Janos:

– Sätt kurs på Gotland så hämtar vi dig strax öster om ön på internationellt vatten, säger Petrov.

– Men hur skall jag känna igen er? undrar Janos.

– Det är inga problem. Vi är där med en större snabbgående motorbåt om ca fyra timmar och vi viftar med en röd och vit flagga, säger Petrov.

– Det där låter bra, svarar en nöjd Janos.

Efter att staben har fått höra det här samtalet tar man genast kontakt med kustbevakningen och framför sina önskemål. Efter ett tag kommer ett telefonsamtal från kustbevakningen som meddelar att man kan få fram en civil snabbgående motorbåt och finnas på plats utanför Gotland inom fyra timmar. Ett visst hopp börjar tändas i staben. Samtidigt är Gustaf tacksam mot åklagare Joelsson som hade föreslagit telefonavlyssningen.

Efter några timmar så landar en stor arméhelikopter på åkern ca 50 meter från stugan. Eriksson ringer upp Janos:

– Helikoptern finns på plats. Skall vi genomföra utväxlingen av den kvinnliga polisen och Joel?

– Vi avvaktar en timme till, svarar Janos.

Staben förstår att Janos vill att logistiken med Gotland skall stämma och är nöjd med svaret.

Efter ca en timme så ringer Janos upp Eriksson och säger att han vill genomföra utväxlingen. Catrin får sina sista instruktioner av Bent. Hon är nu iklädd endast en kortärmad blus och jeans samt träningsskor. Hon känner sig trots allt ganska lugn och tror att Janos kommer att släppa henne och Mats när han finner det lämpligt. Hon går sakta framåt stugan och samtidigt som hon känner den sköna sommarvärmen slå emot henne märker hon att hon svettas av spänningen. När hon nästan är framme vid stugan så öppnas dörren och Joel kommer ut och då höjer Catrin sina armar över huvudet.

Catrin går in i stugan medan Joel går mot poliserna och lämnar över sig utan protester. Han verkade lättad över att få komma ifrån Janos och hamna hos poliserna.

När Catrin kommer in i stugan tar Janos kommandot och visiterar henne. Pekar på var hon skall sitta alldeles intill Mats. Mats verkar ganska välbehållen, men samtidigt rädd. Catrin märker genast att Janos håller en Glock automatpistol i sin högra hand. Hon ser också att han har en liten väska fäst vid livremmen. Catrin misstänker att han har handgranaterna i väskan. Catrin kan, trots den stora spänningen, se sig om i stugan och konstatera att stugan är välmöblerad och ser trivsam ut.

Janos ringer upp Eriksson:

– Vi tänker åka nu. Är allting klart?

– Ja, allt är klart. Helikoptern är startklar med en pilot och en ytbärgare, svarar Eriksson.

Alla blir informerade om vad som är på gång och spänningen är oerhörd hos samtliga.

Dörren öppnas sakta till stugan och först ut kommer Catrin, som håller Mats i sin hand. De börjar gå sakta mot helikoptern cirka 50 meter längre bort. Man kan se att Mats haltar lite och även höra att han snyftar, men Catrin håller honom hårt i sin hand. Janos går strax bakom dem. Man kan också se att Janos håller ett vapen i sin hand.

När man har ett tiotal meter kvar till helikoptern, som är igång, så vänder sig Janos om och tittar bakåt. Han kan då se att några poliser med automatvapen har klivit fram ur buskarna och som en ren reflex tar han snabbt fram något ur väskan som han har vid livremmen och kastar mot poliserna.

Det blir en kraftig explosion och man hör genast skriken från chockade människor.

– Vilken idiot. Han kastade en handgranat, tänker Catrin.

De tre kliver sedan snabbt in och sätter sig tillrätta inne i helikoptern. Janos säger åt piloten:

– Sätt kurs mot Gotland.

Catrin kan titta ut genom ett fönster och hinner se att det är fullt kaos på marken med ambulanser och förskräckta poliser. Hon försöker att inte visa sin oro eftersom hon måste koncentrera sig på sin och Mats situation.

Staben förstår att något fruktansvärt har inträffat och får ingen kontakt med Bent. Gustaf slår en signal till Gunnar.

– Det är kaos här och tre poliser är skadade, uppger en skakad Gunnar.

– Är de svårt skadade och vilka är de? frågar Gustaf.

– Jag tror att Bent är svårast skadad och sedan är två unga insatspoliser skadade. De är nu på väg i ambulans till Akademiska sjukhuset. Helikoptern har lyft med Janos, Catrin och Mats. Jag är verkligen orolig, suckar Gunnar.

Staben är skakad över det oväntade händelseförloppet, men måste nu fullfölja sin uppgjorda strategi. De kommer överens om att de skall försöka störa ut mobiltrafiken under flygresan till Gotland för att inte Janos skall kunna ha någon kontakt med Kinski. Det är därför ingen idé att försöka ringa till Catrin. Janos har säkert också tagit hand om hennes telefon.

När helikoptern når fram till Gotland ger Janos order om att de skall fortsätta med kurs rakt österut. Catrin sitter tätt intill Mats och försöker hålla honom vid gott mod. Hon inser att hon inte kan göra något åt Janos i det här läget. Hon pratar också några ord med piloten och ytbärgaren, som är mycket ung. Hon kan heller inte låta bli att tänka på vad som hände vid stugan, men det verkar inte bekymra Janos det ringaste.

När de har kommit en bra bit ut ifrån Gotland upptäcker Janos en stor motorbåt och ger order till piloten att flyga mot den. Helikoptern närmar sig båten på låg höjd och då kan de se att en person står och viftar med en röd och vit flagga.

– Jag vill bli nerhissad till båten, säger Janos och tittar på ytbärgaren.

Ytbärgaren gör sig snabbt i ordning för att hissas ner tillsammans med Janos. Han tvekar inte att hissas ner tillsammans med Janos, till det för honom okända.

Catrin kan se att Janos tillsammans med den unga ytbärgaren snabbt närmar sig den stora motorbåten ifrån helikoptern. Precis när de landar ser Catrin att det blir ett tumult på båten.

Polisen har i det här fallet legat före maffian och fällan har slagit till kring Janos.

Staben, som hela tiden har haft kontakt med den stora motorbåten, får beskedet att Janos är gripen utan svårigheter. Gustaf är både glad och bekymrad. Han är glad över att Janos är gripen och att Mats är fri tillsammans med Catrin, men bedrövad över att tre poliser har blivit skadade i den här operationen. Gustaf beordrar nu också spanbilarna vid Ekeby att man skall gripa Bertil Andersson.

Staben kunde tack vare telefonavlyssningen förbereda med kustbevakningens motorbåt och vara på rätt ställe med båten, som nu var förstärkt med fyra vältränade poliser ur den nationella insatsstyrkan. Det hade bara sagt »pang« så hade Janos legat på golvet med handbojorna på ryggen. Precis som det skall vara när insatsstyrkan agerar.

Ytbärgaren berättar när han kommer upp i helikoptern om vad som har hänt och Catrin känner en stor lättnad och säger sedan åt piloten att sätta kurs mot Akademiska sjukhuset i Uppsala. Catrin vill att Mats så fort som möjligt skall komma under läkarvård, även om han fysiskt verkar i bra kondition. Han har dock den där skadan på foten.

Framme vid Akademiska sjukhuset landar helikoptern på helikopterplattan på taket till avdelning 85. Catrin ser att de är väntade och de blir genast mottagna med högsta beredskap och snabbt förda till akutmottagningen.

När de kommer fram till akuten så ligger Mats kvar på båren. Catrin ser att de verkligen är väntade, för nästan all verksamhet stannar av när de kommer in och två läkare kommer genast fram till Mats, som då vill kliva av båren. Men läkaren vill att han skall ligga kvar, men Mats envisas, så Catrin tar hans ena hand och han kliver försiktigt av båren och går sakta mot undersökningsrummet. Då börjar alla som är inne på akuten och som kan applådera att göra det. Det här känns stort, tänker Catrin.

Det dröjer inte länge förrän Per och Maria kommer till akuten tillsammans med Gunnar. När Maria får se Catrin utanför undersökningsrummet så går hon rakt fram till henne och tittar henne rakt i ögonen och säger bara:

– Tack, Catrin, och så kramar de om varandra. Även Per kramar om Catrin.

De går sedan in i undersökningsrummet till Mats som redan har repat mod och lyckan är fullständig när de får krama om sin Mats. Mats, som är en mycket vaken pojke, är medveten om vad han har varit med om. Han berättar lite osammanhängande och ivrigt för sina föräldrar. Man förstår ganska snart att Joel hade varit »snäll« mot honom. Medan den andre som klippte av hans tå inte hade varit lika »snäll«. Catrin som är med tänker »Det här måste vara min lyckligaste stund i mitt polisliv«.

Catrin och Gunnar åker sedan tillbaka till polishuset utan att säga så mycket. Det behövs inte en sådan här gång, för känslorna talar för sig själva. Gunnar säger ändå, på sitt lite buttra sätt, att Catrin har visat ett stort mod och att han är lite stolt över henne. Catrin förestår berömmet och det värmer henne verkligen, för det har hos henne växt fram en stor respekt för Gunnar som polis.

Stämningen är nu hög i polishuset och nyheten sprider sig som en löpeld och Reidar Rubenson är i sitt esse. Nu ska det bli presskonferens i stora aulan klockan 16 i polishuset. Länspolismästaren strålar ännu mera än vanligt och det är inte lite.

Gustaf och Harry, som är rutinerade, är noga med att det ska fullföljas med husrannsakningar i de misstänktas bostäder, Ekeby och fritidshuset. Teknikerna ska naturligtvis göra undersökningar på alla aktuella platser. Pistolen har man redan tagit hand om och det visar sig vara en laddad Glock automatpistol. Joelsson är också naturligtvis nöjd med resultatet och ser fram emot presskonferensen. Det som ändå gör att det också finns en liten dämpad glädje är de tre skadade poliserna som fortfarande vårdades på Akademiska sjukhuset. De två unga insatspoliserna har skadats lindrigt med en del splitterskador medan däremot Bent har fått allvarligare skador. Men läkarna bedömer ändå att han ska komma att bli helt återställd, även om det skulle ta en tid.

På presskonferensen finns nu chefsåklagare Joelsson, Harry Enbacke, Gustaf Aspner, Reidar Rubenson och länspolismästaren Linda Rosmyr.

Det är helt proppfullt i den stora aulan. Det verkar som alla tidningar är där, men även flera tv-bolag. Reidar öppnar press-

254

konferensen och sedan tar Linda över helt och hon är ovanligt talför. Det blir många fina ord om Uppsalapolisen medan Gustaf och Harry får svara på sakfrågorna. Joelsson är som vanligt proffsig i sina uttalanden och det lämnas inte ut för mycket vid presskonferensen. Det är trots allt många frågor som polisen ännu inte har något svar på. En viktig fråga som man kan svara på är angående tillståndet med Mats och de skadade poliserna. Läkarna har bara lämnat positiva besked om Mats skada på tån och han ska inte komma att få några men, möjligtvis en liten skönhetsfläck. Mats mår redan mycket bättre.

Linda avslutar presskonferensen med att tacka sina duktiga medarbetare och nickar då åt Harry och Gustaf. Det är många som ville ha fördjupade intervjuer efteråt och det blir Linda och Reidar Rubenson som får svara för dessa.

Innan man går hem för dagen sitter Gustaf, Harry och Joelsson och planerar för den fortsatta utredningen. Utredningsläget är, som Joelsson säger, »mycket gott«. Gustaf har tänkt vara med vid förhöret med Bertil Andersson på måndag och Joelsson har redan bestämt sig för att begära alla tre häktade.

Gustaf cyklar hem från jobbet visslande den här fredagseftermiddagen, eller kvällen som det nästan har blivit. Hemma tas han emot med en stor kram av Mia som säger att hon är stolt över att vara gift med honom.

Gustaf ringer sedan upp John på Tagosöarna, som då redan känner till det mesta. Han har följt händelseutvecklingen genom tidningar på Internet. John har också talat med bankdirektören, som även han är förtjust över händelseförloppet. Han har också sagt att pengarna var på ett säkert konto och kan lämnas tillbaka till polisen. Samtalet slutar med att Gustaf bestämmer att John måste komma till Uppsala och Sverige under hösten och John mottar inbjudan positivt.

Gustaf ringer sedan till Catrin för han tänker tacka henne lite mera personligt för hennes arbete. Hon är då ute och promenerar med sin Olle och hunden Zappa. Hon verkar glad, men Gustaf har ändå en känsla av att det är något som tynger henne.

Gustaf tänker sedan på det erbjudande som Gunnar hade givit honom. Gunnar hade sagt att Gustaf skulle behöva vila upp sig lite efter nästa vecka. Han hade då föreslagit att han skulle åka upp till Gunnars stuga i Sörsjön och fiska. Gustaf har varit där förut och tyckte att det kunde vara ett bra förslag. Han pratade med Mia om det här och hon hade tyckt likadant.

På söndagen gjorde Gustaf och Mia en liten bilutflykt, bland annat till bilhallarna i södra Uppsala. Man funderar eventuellt på att byta till en ny miljöbil. Då ropar Mia helt plötsligt.

– Titta, är det inte Harry och frun som kommer ut där. Har han blivit religiös?

Gustaf vänder på huvudet och får syn på den omtalade frikyrkan, och muttrar förvånat:

– Vad fan, det kan inte vara sant?

Men det var det.

Gustaf förstår nu Harrys omvändelse och möten som var så viktiga. Han inser att det här har varit bra för Harry, även om Gustaf samtidigt är förvånad. Och allt det väcker nya tankar hos Gustaf om vad som är bra och viktigt i livet.

Cykeln går ovanligt lätt till polishuset den här måndagsmorgonen. Gustaf känner nästan som han hade kunnat springa upp för trapporna till plan tio utan att ens behöva ta den där eländiga hissen.

Han har bara kommit in på kontoret, så ringer telefonen och det är John från Tagosöarna. Han talar om att ryssarna inte hade blivit glada när de hade fått klart för sig att de inte skulle få några 50 miljoner kronor. Men nu är allt lugnt och de kommer knappast att höras av något mera.

Sedan kommer Stina inspringande från avlyssningsrummet. Hon säger att man efter tillslaget hade ringt från Kinski och sökt Janos, men förstås förgäves.

Klockan tio så skall Gustaf tillsammans med utredaren Eriksson förhöra Bertil Andersson.

Denne verkar samlad när han kommer till förhörsrummet och har sin advokat med sig. Efter lite småprat först så säger Bertil Andersson:

– Jag vill berätta allting och erkänna min del i den här historien.

Bertil Andersson börjar berätta om sin affärsverksamhet med Polen, som gäller mest försäljning av begagnade maskiner inom byggbranschen. Det var på det sättet han hade blivit bekant med Janos, som hade verkat kunnig på det här området. Efter att ha lärt känna Janos, som han då tyckte bra om, så erbjöd han honom jobb i Sverige på sin firma. Allt fungerade bra till en början, men så började Bertil berätta om sitt handikappade barn. Bertil sa att han misstänkte det kan ha berott på någon medicin som hans fru åt under sin graviditet. Bertil visste också att det var Medical Future som tillverkade den här medicinen. Av en tillfällighet var det så att Janos kusin Ewa arbetade som barnflicka hos direktören för Medical Future.

På det viset växte planen fram hos Janos och Bertil att man skulle pressa direktören och hans familj på pengar för att få lite rättvisa. Det var därför som breven var underskrivna med *Vår Rättvisa*.

Bertil Andersson erkänner att han var med och planerade och finansierade det första utpressningsförsöket, men det var, som han säger, för att få lite rättvisa. Bertil säger också att det var Janos som utförde alla de operativa åtgärderna. Joel Berg var enligt Andersson inte alls inblandad i den första utpressningen.

När det misslyckades så ville Janos gå ett steg till, men Bertil sa bestämt ifrån och sa att det fick vara nog för hans del. Han blev rädd för att åka fast efter den misslyckade utpressningen.

Bertil märkte efter det att Janos och Joel höll på med något och att de pratade ofta med varandra. Janos både ringde och fick flera telefonsamtal från Vitryssland som Bertil inte förstod. Bertil visste ingenting om kidnappningen förrän han fick läsa om den i tidningarna och se på tv-nyheterna. Han förstod då vad som hade hänt. Han tänkte då gå till polisen, men han vågade inte och så var han ju själv inblandad i den första utpressningen. Andersson kände till att sonens judotränare var polis, som sonen tyckte mycket om. Andersson undvek därför judolokalen, utan hans fru fick nästan jämt hämta sonen, men han hade haft funderingar på att kontakta Bent om kidnappningen.

Andersson är nu ångerfull och skulle vilja be familjen Sund om ursäkt. Han tycker också att det är synd att Joel har blivit inblandad i den här historien. Joel hade fått komma till honom på en så kallad ungdomsplats från Arbetsförmedlingen. Han hade skött det väldigt bra fram till den här händelsen. Gustaf börjar nästan tycka lite synd om Andersson och vad han har ställt till med.

– Den här blå skåpbilen, vems är det? frågar Gustaf.

– Den har jag långleasat från Wedins, svarar Bertil.

Strax innan man avslutar förhöret säger Bertil Andersson:

– Ni måste vara uppmärksam på att maffian håller på att äta sig in i olika företag bakvägen.

Gustaf noterar vad Bertil säger och känner en viss oro för framtiden.

Förhöret med Janos gav ingenting. Han hade bara vägrat att uttala sig. Men den rutinerade utredaren Eriksson var inte speciellt orolig, för han tyckte att han ändå hade haft en första bra kontakt med Janos. Han visste att han kommer att träffa honom många gånger när han nu satt häktad för ett mycket grovt brott.

Joel hade börjat prata lite under förhöret och förhörsledaren var övertygad om att Joel så småningom kommer att berätta sin del. Han hade redan nu sagt att fritidshuset hade han fått hyra av sin moster.

Chefsåklagare Åke Joelsson var nöjd med de första förhören.

Veckan har gått rekord fort och allt har gått bra med utredningen. Gustaf har bestämt sig för att ta ett litet break och åka upp till Sörsjön för att fiska på måndag. När han nu är på väg att lämna kontoret på fredagseftermiddagen så tittar Catrin in.

– Och vad tänker du göra nu? frågar hon.

– Jag tänker gå förbi Club 19 och ta en öl och en macka. Mia blir sen eftersom hon har en föreläsning för läkarkandidater och jag orkar inte laga till någon mat själv, säger Gustaf.

– Kan man få följa med?

– Visst, svarar Gustaf förvånat.

Gustaf och Catrin går sedan tillsammans utefter ån i det sköna sommarvädret till Club 19 på Svartbäcksgatan. Det är så varmt ute att en del gäster sitter vid små bord som finns utsatta på trottoaren, men Gustaf föreslår att de skall gå in och sätta sig. Inne på Club 19 slås man genast av den speciella miljön med gamla, enkla möbler som är lite osymmetriskt utspridda i lokalen, som är full av små prång. På väggarna sitter det planscher på gamla kända rockband och mitt i lokalen finns en bardisk där man beställer allt man vill ha. På det lilla podiet på norra sidan av lokalen sitter nu en trubadur och spelar mest svenska visor. Med andra ord: det är synnerligen trivsamt i lokalen som redan har blivit mer än halvfull. »Det här är en riktig pärla«, tänker Gustaf, medan han och Catrin sätter sig vid ett bord som är ganska undanskymt. Gustaf märker ändå att han får en del blickar mot sig och han är säkert igenkänd från presskonferenserna på tv.

Gustaf och Catrin beställer sedan in varsin öl och räkmacka. De pratar sedan om allt möjligt men hamnar snart på Sundärendet. Catrin berättar att hon har talat med Maria och att Mats nu är hemma från sjukhuset och mår riktigt bra. Maria och Catrin har redan bestämt att de två tillsammans skall åka på en resa till Paris i höst. Gustaf trivs verkligen i Catrins sällskap och tycker också att hon är vacker. Hon har mörkt kort hår och bruna ögon med en naturligt mörk hy. Gustaf tänker att någon av hennes föräldrar kommer nog från Sydamerika, men han har aldrig frågat. Piercingen, den lilla pärlan som Catrin har på sin haka, tänker han inte på längre. Det ser naturligt ut och är egentligen ganska fint. Det finns ingen anledning att fråga Catrin om den utan det är ju hennes ensak.

Gustaf kommer sedan in på sabotaget mot Catrins bil. Roine som har arbetat med ärendet har egentligen inte fått fram något och någon teknisk bevisning har man inte. Skoavtrycken som säkrades gick inte att använda. Det Roine har kommit fram till är att sabotaget egentligen var riktat mot Gustaf och inte mot Catrin.

– Det är en sak till som jag inte har berättat för då tror du säkert att jag är paranoid.

– Men jag måste få höra, säger Catrin.

Gustaf berättar då att samma natt som Catrins bil hade varit utsatt för ett sabotage hade han vaknat av att han hört något ljud på farstubron. Han hade inte gått upp och tittat utan hade somnat om. På morgonen när han hade vaknat och skulle ta sina skor, som alltid brukar stå på högra sidan på bron under sommaren stod de nu på den vänstra sidan. Gustaf reagerade genast på detta och frågade Mia om hon hade flyttat skorna, men det hade hon inte.

– Jag förstår vad du tänker, säger Catrin. Men varför skulle man göra så?

– Det finns en del krafter både inom och utanför polishuset som vill ha bort mig som chef, svarar Gustaf.

– Det förstår jag inte alls, och varför?

Gustaf svarar lite undvikande, men Catrin förstår att Gustaf vet mer.

– Som du säkert vet så kommer Harry att gå i pension om något år och man måste försöka få en likvärdig ersättare. Jag tror att det blir svårt, men jag har mer och mer tänkt på dig som hans ersättare, säger Gustaf

– Nej, det är omöjligt. Du måste naturligtvis få den tjänsten. Det finns ingen som kan konkurrera med dig.

– Jag vet inte om jag vill ha Harrys tjänst eftersom jag trivs så bra med mitt nuvarande jobb och så är jag inte säker på att jag skulle få den heller. Men du Catrin har både den polisiära och sociala kompetensen som krävs för Harrys tjänst.

Efter det här förtroendefulla samtalet kan inte Gustaf låta bli att fråga vad det är som tynger Catrin.

Catrin berättar för Gustaf om sin längtan efter att få ett barn och säger med stor sorg att Olle och hon inte kan få några egna barn. Gustaf undrar om de har kontaktat läkare och det har de gjort och har då fått det här negativa beskedet. Gustaf ser och förstår att det här är en stor sorg för Catrin.

– Jag känner mig så olycklig och jag älskar Olle.

Gustaf försöker trösta Catrin på olika sätt och så säger han:

– Ni skulle väl kunna adoptera ett barn. Jag tror att ni skulle ha stora möjligheter att få göra det.

– Det har vi inte tänkt på än och tror du verkligen att det kommer att fungera? undrar Catrin, mer hoppfull.

– Catrin, du skall veta att det här med biologiska gener tycker jag inte är så viktigt, utan det är själva människan som är viktig. Jag tror att ni skulle ge ett adoptivbarn en fin framtid med mycket kärlek.

– Kan du tänka dig att var far till ett sådant barn? frågar Catrin.

– Naturligtvis, det skulle jag mycket väl kunna tänka mig, svarar Gustaf lite förvånat på den oväntade frågan.

Efter att ha suttit kvar och lyssnat på trubaduren en stund till bestämmer de sig för att gå hem.

Ute på trottoaren skiljs de åt efter att ha givit varandra en varm och vänskaplig kram. När Gustaf sedan cyklar hem i den ljumma sommarnatten så känner han sig glad men ändå en viss oro. Han vet att hans Mia väntar på honom därhemma, men han är också glad över att ha fått en så god vän i Catrin. Men Gustaf vet att för honom finns ingen annan än Mia som han verkligen älskar.

På måndagsmorgonen packar Gustaf sin Mazda full med fiskegrejer och ryggsäckar för avfärd norrut. Gustaf tänker ta det lugnt på sin resa och njuta av naturen och han väljer därför att åka riksväg 272 från Uppsala, som också kallas Tidernas Väg.

Han åker uppåt genom Gästrikland och passerar Gysinge och Storsjön, där det är vackert så här på sommaren. Han kommer sedan in i Hälsingland, men innan dess så passeras bland annat Ockelbo, som numera har blivit så känt. När han sedan närmar sig Bollnäs så förändras naturen till att bli mer kuperad och ännu vackrare. Gustaf har alltid tyckt att Hälsingland är ett av Sveriges vackraste landskap.

Snart är han framme i Härjedalen och då blir landskapet mer kargt och glest befolkat. När han har kommit fram till Hede vet han att det är bara sex mil kvar till stugan i Sörsjön.

Framme vid stugan, som ligger alldeles bredvid Gopån, känner han sig plötsligt fri. Han gör sig snabbt hemmastadd i stugan och lagar till lite mat och förbereder den första fisketuren. Gustaf fiskar sedan i flera dagar i åarna intill stugan och får både öring och stora harrar. Han kopplar verkligen av från polisarbetet och njuter av att bara finnas till.

Gustaf bestämmer sig sedan för att han skall ta en längre tur upp till en tjärn som ligger på kalfjället.

Uppe på kalfjället vid den vackra lilla tjärnen känner man verkligen naturens storslagenhet och vad liten människan är. Tystnaden är påtaglig och man hör endast fjällpiparens vemodiga läte. Han drar dessutom upp flera stora rödingar och öringar från den lilla fjälltjärnen. Det är lätt att få stora tankar i en sådan miljö och det får Gustaf, som börjar gå igenom sitt polisliv.

Han tänker på allt som har hänt den sista tiden och på människor som berör honom som Mia, grabben Thomas, Harry och Catrin. Gustaf tänker också på Bent som fortfarande ligger kvar på Akademiska sjukhuset men är på bättringsvägen. Bent är en fantastisk polis, främst vid operativa insatser och han har ett sällsynt mod i alla sammanhang. Gustaf besökte Bent på sjukhuset strax innan han åkte iväg på sin fjällsemester. Bent var ordentligt omlindad och hade en del allvarliga splitterskador, men han kommer troligtvis att bli helt återställd även om det skulle ta en tid. Gustaf hade frågat om han ville ha en ny tjänst inomhus som var lite lugnare efter det som hade hänt.

Bent hade då svarat: »Tänker du ta livet av mig Gustaf?« Han ville ut på »banan« så fort som möjligt och Gustaf var inte förvånad över Bents svar.

Han funderar också över sin roll som chef och att det är en annan tid nu än när han började som polis. Det har blivit tuffare på alla sätt, men samtidigt känner han att han trivs med det liv han har i dag och det är värt att kämpa för.

Gustaf funderar också över sitt spelande. Det är kanske ändå som Mia säger, att han spelar lite för ofta. Han måste erkänna för sig själv att insatserna har blivit allt högre och vinsterna inte så stora. Men han känner också att det är intressant och roligt med sitt stora intresse för fotbollen, men han kanske måste försöka dra ner på sitt spelande.

Gustaf tänker också på en del rykten som han har hört om att Gunnar dricker för mycket. Han blev förvånad när han i en skrubb i Gunnars stuga hittade alldeles för många tomma whiskyflaskor. Gunnar är ju en fantastiskt duktig polis och klarar jobbet galant, men han kanske också behöver hjälp med det här drickandet, tänker Gustaf. Han bestämmer sig för att prata med Gunnar om det här när han kommer hem, vilket han inte har gjort tidigare.

Gustaf hade också en mycket märklig dröm den här natten. Han drömde att några personer i den undre världen höll på att planera en »kupp« mot den världsberömda Silverbibeln som finns vid Carolina Redovisa. Och nu höll man på att försöka hitta »gömstället« till var de 185 bladen fanns gömda. Det skulle vara personer med stora resurser som låg bakom uppdraget. Gustaf vakande upp alldeles svettig och tänkte »Tur att det bara var en dröm«.

Han funderar sedan en stund på de stora problemen, om hur alla jordens människor har kommit närmare varandra fysiskt samtidigt som man börjar inse de globala problemen och hur det gör att vi alla berörs av samma problem. Gustaf tänker på klimathot och jordens begränsade resurser. Men ifall vi ser varandra, hjälper varandra och visar solidaritet så tror jag att det finns en framtid för alla, begrundar han hoppfullt.
Vad kan han då göra själv?
Gustaf tänker då på sin yrkesroll och sin förmåga att lösa olika brott. Han tror genom att fortsätta arbeta med det kan han bidra till att öka tryggheten i samhället för alla människor. Och precis när han är inne i sina djupa, något mörka, filoso-

fiska tankar och får ett jättenapp så ringer mobilen och Gustaf svarar.

– Gustaf här.

– Hej, det är Harry. Hur har du det?

– Jo tack, bra. Jag drog precis upp en ettkilos öring, svarar Gustaf.

– Men nu får det vara slutfiskat. Du måste komma hem för här händer det saker.

– Vad då? frågar Gustaf nyfiket.

– Jo vi har ett gängmord. Det är en ren avrättning och så det här med Krogligan, säger Harry.

– Det där låter inte bra och vad har hänt med Krogligan?

– Jo, kommunen tänker sälja konserthuset och »Chefen« har anmält sitt intresse. Enligt Gunnars informatör Anna tänker han bygga om det till Europas största och bästa spahotell. Han skall ha allt, med bland annat en stor salong där man skall visa de senaste actionfilmerna. Enligt Anna finns det en del näringsidkare som är positiva till idén och, som hon säger, »bara har euron i ögonen«.

– Det var som den. Men det är klart, han har ju starka grabbar bakom sin rygg, funderar Gustaf högt och tänker på olika maffiagrupperingar. Jag kommer hem i morgon.

– Du är efterlängtad, säger en lättad Harry och Gustaf hör att han menar det.

Nästa dag kör en utvilad och arbetssugen Gustaf sin Mazda mot Uppsala och nya arbetsuppgifter.